AF209991

Kurzgeschichten

Traumland

Von

Reiner Maria Sommer

**Öffne das Buch und das Buch
öffnet Dich**

Buchbeschreibung:

„Traumland" ist ein Ort für Jedermann – und so vielfältig wie die Geschichten in diesem Buch. Hier findet jeder etwas für sich: mal tiefgründig und nachdenklich, mal heiter und verspielt, mal verträumt und besonnen. Diese Erzählungen entstanden mit einem Blick auf das Leben der Menschen auf dieser Welt und spiegeln unsere Herausforderungen, Hoffnungen und Träume wider.

In „Traumland" bereiten wir uns auf etwas Größeres, Schöneres und Unerklärliches vor. Die Geschichten laden dazu ein, die Welt aus verschiedenen Perspektiven zu betrachten und die Bedeutung unseres Daseins zu hinterfragen.

Tauchen Sie ein in faszinierende Abenteuer und Gedankengänge, die Sie inspirieren und zum Nachdenken anregen werden. Möge dieses Buch Ihnen Freude bereiten und den Horizont erweitern.

Viel Spaß beim Lesen und Entdecken!

Über den Autor:

Reiner Maria Sommer ist ein leidenschaftlicher Geschichtenerzähler und Beobachter des menschlichen Seins. Mit einer tiefen Liebe zur Literatur und einem feinen Gespür für die Nuancen des Lebens, erschafft er Geschichten, die sowohl die Herzen berühren als auch die Gedanken anregen.

Geboren und aufgewachsen in Rathenow (Brandenburg), hat Reiner Maria Sommer schon früh die Freude am Schreiben entdeckt. Seine Geschichten zeichnen sich durch eine bemerkenswerte Vielfalt aus – mal ernst, mal heiter, mal verträumt. Durch seine Erzählungen möchte er den Lesern nicht nur unterhaltsame Momente schenken, sondern auch Anstöße zum Nachdenken über das Leben und unsere Rolle darin geben.

In „Traumland" verbindet er seine Beobachtungen und Erfahrungen zu einem faszinierenden Kaleidoskop aus Erzählungen, die die Leser auf eine Reise durch verschiedene Stimmungen und Gedankenwelten mitnehmen. Als Rentner hat er nun mehr Zeit, seine kreativen Ideen zu entfalten und sich dem Schreiben zu widmen, was ihm besonders am Herzen liegt.

Wenn er nicht gerade an seinen Geschichten arbeitet, genießt er Spaziergänge in der Natur, Musik, etc. und das Zusammensein mit Familie und Freunden. „Traumland" ist sein neuestes Werk, das die Freude an der Vielfalt des Lebens und die Magie des Geschichtenerzählens in den Mittelpunkt stellt.

Kurzgeschichten

Band 3

Von

Reiner Maria Sommer

Telefon:

1. Auflage, 2025

© Reiner Maria Sommer – alle Rechte vorbehalten.

Verlag: BoD · Books on Demand GmbH,

In de Tarpen 42, 22848 Norderstedt,

bod@bod.de

Druck: Libri Plureos GmbH, Friedensallee 273, 22763 Hamburg

ISBN: 978-3-7693-0955-3

Inhaltsverzeichnis

Achtung, das Buch ist voller Geschichten, jede Einzelne ist für Dich

„Besonderer Dank gilt den kreativen Impulsen und der Unterstützung durch den KI-Chatbot von OpenAI, der bei der Entwicklung und Verfeinerung vieler Ideen dieses Buches sehr hilfreich war."

Meisterdieb Oliver und der Weg des heiligen Gral

Nach seinem letzten Abenteuer, bei dem Oliver den gestohlenen Schatz der englischen Krone zurückgestohlen hatte, hatte er sich in die ruhige Idylle einer kleinen Wohnung am Bodensee zurückgezogen. Die sanften Wellen des Sees, die blühenden Wiesen und das gelegentliche Kinderlachen, das von der Promenade herüberwehte, hatten ihm eine Art Frieden gebracht, die er so nie gekannt hatte – und die er vielleicht auch nie gesucht hätte. Doch tief in ihm lag noch immer ein Funke seiner alten Leidenschaft, eine leise, unterschwellige Spannung, die manchmal in den ruhigen Stunden zum Leben erwachte.

Eines Abends, als Oliver in seinem abgedunkelten Arbeitszimmer eine Tasse Tee trank, bemerkte er das Aufblinken seiner geheimen E-Mail-Adresse – ein Postfach, das nur für ausgewählte Kontakte reserviert war und normalerweise in tiefem Schweigen lag. Als er die Nachricht öffnete, war der Absender sofort erkennbar: Henry Charles Albert David, Herzog von Sussex – besser bekannt als Prinz Harry. Die Nachricht war knapp und formell, doch die Worte ließen keinen Zweifel zu: Es war eine persönliche Einladung zu einer Ehrung im Arundel Castle, anlässlich des fünften Jahrestags der Rückholung des königlichen Schatzes.

Oliver lehnte sich zurück, die Tasse noch in der Hand, und versuchte, seine aufkeimende Unruhe zu dämpfen. Ihm war sofort klar, dass eine einfache Ehrung kaum den Aufwand einer verschlüsselten Nachricht gerechtfertigt hätte. Nein, dachte er, das musste etwas anderes sein, etwas, das mehr in seinem Stil lag. Und sein Instinkt täuschte ihn nicht.

Schon wenige Tage später stand Oliver im Schatten des mächtigen Arundel Castles, umgeben von der majestätischen Stille der alten Mauern. Kaum hatte Oliver das prachtvolle Arundel Castle betreten, ergriff ihn eine ehrfürchtige Stille. Die mächtigen Steingemäuer erhoben sich düster unter dem bleigrauen Himmel, als wollten sie die Geheimnisse vergangener Jahrhunderte in sich bewahren. Er wurde von einem Butler durch endlose Gänge geführt, vorbei an Porträts alter Adliger, deren Augen ihn fast zu verfolgen schienen.

Endlich öffnete sich eine schwere Eichentür, und Oliver trat ein – direkt in die persönliche Bibliothek des Duke of Sussex. Prinz Harry stand am Fenster, die Hände hinter dem Rücken verschränkt. Der Prinz drehte sich langsam zu Oliver um, seine Augen glitzerten. „Oliver, Sie haben unserer Krone große Dienste erwiesen," begann er mit einem Anflug von Ernst in der Stimme. Seine Worte waren höflich, beinahe förmlich, doch ein winziger, kaum wahrnehmbarer Funken in seinem Blick verriet, dass die anstehende Angelegenheit mehr als nur eine Ehrung sein würde.

Nach einem kurzen, fast bedeutungsschweren Schweigen trat Prinz Harry näher und hielt Olivers Blick fest, seine Stimme gesenkt, fast verschwörerisch. „Es gibt da etwas, das wir Ihnen anvertrauen wollen," fuhr er leise fort, als sei das Schloss voller Ohren. Olivers Herzschlag beschleunigte sich – es war, als spürte er das Gewicht dessen, was jetzt kommen würde. „Die Krone will den Heiligen Gral wieder in ihren Besitz bringen."

Die Worte trafen Oliver wie ein unsichtbarer Schlag. Der Heilige Gral – ein Relikt, das wie kein anderes mit Mythen und Geheimnissen umwoben war, ein Symbol für Reinheit und göttliche Macht. Ein Schatz, dessen Bedeutung so erhaben war, dass selbst Oliver, der Meisterdieb, seine Hände zittern spürte. Er sah das leise Glitzern in Harrys Augen, als der Prinz fortfuhr, seine Stimme voller Nachdruck: „Es gibt keinen Zweifel. Der Gral gehört uns, der englischen Krone. So ist es geschrieben in den Chroniken der Ritter der Tafelrunde."

Harry sah ihn mit eindringlicher Miene an, als würde die Krone selbst mit Oliver sprechen. „Die Geschichte besagt, dass König Artus und seine Ritter den Gral aus den Heiligen Landen nach Camelot brachten und ihn der Krone Englands anvertrauten." Ein seltener Funke von Stolz blitzte in Harrys Augen auf. „Seitdem ist es unser Erbe – verborgen, vielleicht verschollen, aber nie verlorengegangen. Dieser Gral ist mehr als ein Schatz. Er symbolisiert die Macht und den Anspruch der englischen Krone."

Oliver war von der Erhabenheit des Moments überwältigt, seine Abenteuerlust entflammte. Es war, als hätte das Schicksal ihn wieder zu einer Aufgabe geführt, die ihn nicht nur als Meisterdieb herausfordern, sondern auch eine fast schon spirituelle Bedeutung in sich tragen würde.

„Der heilige Gral?" Oliver lachte leise. Die bloße Idee faszinierte ihn, doch er hatte genug Geschichten gehört, um zu wissen, dass der Gral, wenn er überhaupt existierte, schwer zu fassen sein würde. Verschiedene Mythen deuteten auf unterschiedliche Verstecke hin: Die Spanier waren überzeugt, er ruhe in der Kathedrale von Valencia, während die Engländer daran glaubten, König Artus habe ihn einst nach England gebracht und später an eine italienische Adelsfamilie verkauft. Der Duke jedoch hielt es für möglich, dass der Gral in der Stadt von Geheimnissen und Labyrinthen verborgen lag: Venedig.

Oliver konnte der Versuchung nicht widerstehen. Schon am nächsten Morgen kehrte er an den Bodensee zurück und begann seine Vorbereitungen, als wäre es eine Operation von höchster Geheimhaltung. Er beschaffte sich alte Baupläne des Markusdoms und analysierte jedes Detail des Sicherheitsnetzwerks der Kathedrale, wobei er so manche Entdeckung machte, die ihm das Blut in den Adern gefrieren ließ.

Nach Wochen intensiver Planung und nächtlicher Überlegungen bestieg Oliver schließlich den Zug nach Venedig. Die Stunden der Fahrt vergingen langsam, begleitet vom gleichmäßigen Rattern der Räder auf den Schienen. Während er aus dem Fenster blickte, sah er die Landschaft vorbeiziehen, die Dörfer in grau gekleidet. Gedanken an den Gral und das, was vor ihm lag, füllten seinen Geist, doch er blieb ruhig und konzentriert.

Als der Zug schließlich gegen Dämmerzeit in Venedig einrollte, empfing ihn die Stadt wie ein lebendiges Gemälde. Das Dämmerlicht legte sich wie ein sanfter Schleier über die Kanäle und Palazzi, während die ersten Lichter der Laternen auf dem Wasser schimmerten. Die Atmosphäre war still und fast surreal – ein perfekter Moment, um die Größe und Geschichte dieses Ortes zu spüren.

Am Abend vor dem entscheidenden Zugriff überprüfte er ein letztes Mal die Positionen der Wachleute und den Standort des Pala d'Oro, dem kunstvollen Altarbild, das den Gral bewahren sollte. Die Pala d'Oro ist nicht nur das bekannteste Einzelkunstwerk im Inneren der reich ausgestatteten Basilika San Marco, sondern gilt auch als eines der prachtvollsten christlichen Altarbilder weltweit. Mit beeindruckenden Maßen von 3,45 Metern Breite und 1,40 Metern Höhe wird sie von 2.486 Juwelen geschmückt, darunter 526 Perlen, 330 Granate, 320 Smaragde und viele weitere kostbare Steine, die in einem atemberaubenden Zusammenspiel von Gold und Silber erstrahlen.

Auf dem Altar davor sollte der Heilige Gral stehen – ein Relikt, dessen Symbolkraft und mystischer Wert weit über alles hinausgingen, was Oliver je gestohlen hatte. Die Legende besagt, dass König Artus und die Ritter der Tafelrunde den Gral einst nach Camelot gebracht hatten, und seitdem wurde er als das Erbe der englischen Krone angesehen. Hier, im Herzen Venedigs, würde man ihn niemals vermuten, und gerade das machte die Herausforderung so verlockend. Oliver wusste, dass er alles geben musste, um diesen sagenumwobenen Schatz zu erlangen.

Mit dem Ausstellungsort des Gral nun sicher vertraut, machte sich Oliver auf den Weg in die Stadt, bereit, sein Vorhaben mit der gleichen Präzision und Vorsicht zu vollenden, die ihn zu einem Meister seines Fachs gemacht hatten. Hier, zwischen den schmalen Gassen und glitzernden Kanälen, fühlte er sich sofort in seinem Element, umgeben von den geheimnisvollen Schatten, die sein Versteckspiel perfektionierten. Er quartierte sich in einem unauffälligen Hotel unweit des Markusdoms ein und verbrachte die kommenden Tage damit, seine Pläne immer wieder zu verfeinern und seine Route zu perfektionieren.

In der Stille der Nacht machte Oliver sich auf den Weg. Der Markusdom lag wie in gespenstisches Licht gehüllt vor ihm, und für einen kurzen Moment zögerte er, bevor er sich ins Innere schlich. Einige Menschen waren noch im Dom, versunken im Anblick der unermesslichen Schätze und in ihren gebetsvollen Gedanken. Kaum hatte er die prächtige Pala d'Oro erblickt, fiel sein Blick auf den Kelch, der unscheinbar in das Kunstwerk eingebettet war. Mit ruhigen, präzisen Handgriffen verstaute er den Kelch in einem unbeachteten Moment.

In seiner Hand hielt er ein spezielles Tuch, das es ihm ermöglichte, den Kelch so zu umhüllen, dass er sofort unsichtbar wurde. Er platzierte ihn in einen speziell präparierten Beutel, der entworfen war, um selbst die empfindlichsten Sicherheitsscanner zu umgehen. So konnte Oliver, ebenso lautlos wie er gekommen war, den Dom verlassen, ohne die Aufmerksamkeit der Wachen auf sich zu ziehen. Der Gral war in diesem Beutel quasi unsichtbar; seine außergewöhnliche Ausstattung sorgte dafür, dass er nicht gescannt werden konnte. Überall im Dom waren Sicherheitsscanner installiert, doch dank seiner sorgfältigen Planung konnte Oliver den Gral sicher transportieren, ohne damit aufzufallen.

Zurück in Sussex überreichte Oliver dem Duke feierlich den Kelch, doch die Reaktion des Prinzen war kühler als erwartet. „Es mag der Gral sein oder auch nicht. Niemand weiß, ob dieser Kelch wirklich Wunder wirken kann," sagte er mit einer merkwürdigen Gleichgültigkeit. Oliver wurde großzügig entlohnt und verabschiedete sich höflich, doch er konnte die feine Ironie in den Worten des Prinzen nicht überhören.

Als er wieder zu Hause am Bodensee ankam, stellte er den Kelch beiläufig im Flur ab und ließ die Erinnerungen an das Abenteuer nachklingen. Doch noch am selben Abend, während er eine Zeitung las und las, dass der heilige Gral angeblich „wieder an seinem Platz" sei, fiel sein Blick zurück auf den Kelch – und er erschrak. Ein sanftes, goldenes Licht ging plötzlich von ihm aus, ein Schimmer, der den Raum erfüllte, als wolle der Kelch selbst ihn willkommen heißen. Oliver verstand, dass der Gral, auf mysteriöse und unerklärliche Weise, genau dort hingehörte – in seiner Gegenwart.

Von diesem Tag an lebte er weiter in seiner Idylle am Bodensee, doch der Gral, der jeden Abend in sanftem Licht leuchtete, erinnerte ihn stets daran, dass das Abenteuer nie ganz endete. Als hätte der Gral selbst zu ihm gesprochen, ihn als den wahren Hüter auserkoren, lächelte Oliver zufrieden – wissend, dass nicht einmal die himmlischen Mächte ihm diesen Triumph streitig machen konnten.

Oliver fühlte sich erbärmlich. Dieser Heilige Gral war nicht sein Eigentum. Der musste zurück an den Ort, an dem in jeder in der Welt, ihn bestaunen konnte.

In den frühen Morgenstunden erreichte Oliver Venedig. Die Stadt lag ruhig und friedlich unter einem silbrigen Nebelschleier, als er in einer unscheinbaren Gondel den Markusdom ansteuerte. Unter größter Vorsicht und mit einer präzise durchdachten Planung hatte er seine Rückkehr vorbereitet. Die Schale des Heiligen Grals war sicher in einem speziellen Behälter verstaut, verborgen vor neugierigen Blicken.

Oliver trug eine schlichte Kleidung, die ihn wie einen Arbeiter wirken ließ, und bewegte sich mit der Sicherheit eines Mannes, der seine Umgebung genau kennt. Er nutzte geheime Zugänge, die er bei seinem ersten Besuch entdeckt hatte, und achtete darauf, keinen Laut zu verursachen. Seine Vorbereitungen waren minutiös gewesen: Er hatte die Wachzeiten studiert, Sicherheitskameras umgangen und sogar ein verschlüsseltes Signal gesendet, das die Alarmanlage kurzzeitig außer Kraft setzte.

Als er schließlich in der Hauptkapelle des Markusdoms stand, atmete er tief durch. Der Raum war in das schimmernde Licht von Kerzen getaucht, die einen fast heiligen Glanz über die steinernen Wände warfen. Vorsichtig entnahm Oliver den Gral aus seinem Behälter. Sein Herz schlug schneller, als er sich dem Altar näherte, auf dem der Gral einst gestanden hatte.

Mit zitternden Händen stellte er die Schale zurück an ihren angestammten Platz. Einen Moment lang betrachtete er sie und fühlte eine überwältigende Ehrfurcht. Es war kein Objekt der Macht oder des Reichtums, sondern ein Symbol für Hoffnung und göttliche Präsenz.

„Du gehörst hierher," murmelte Oliver leise, bevor er einen letzten prüfenden Blick auf die Sicherheitsvorkehrungen warf. Alles war genauso, wie er es vorgefunden hatte – keine Spuren, keine Hinweise auf seinen nächtlichen Besuch. Zufrieden wandte er sich ab und verschwand leise in die Dunkelheit.

Die Rückgabe des Grals war sein letzter großer Coup. Oliver war nicht nur ein Meisterdieb, sondern auch ein Mann mit Prinzipien. Er wusste, dass der wahre Wert des Grals nicht in Gold oder Edelsteinen lag, sondern in der Botschaft, die er vermittelte: ein Zeichen der Hoffnung und des Glaubens für alle Menschen.

Als er in den stillen Gassen von Venedig verschwand, war ihm bewusst, dass niemand je erfahren würde, wer den Gral zurückgebracht hatte. Und das war ihm auch recht so. Es ging nicht um Ruhm oder Anerkennung, sondern darum, das Richtige zu tun.

Emilia und der fliegende Teppich

Emilia Bergmann, die Tochter von Maximilian und Anna, stand kurz vor einem der wichtigsten Momente ihres bisherigen Lebens: den Abschlussprüfungen am Gymnasium. Der frühe Morgen war still, und das Licht der aufgehenden Sonne fiel sanft in ihr Zimmer, während sie die letzten Notizen durchging. Ihr Schreibtisch war übersät mit Karteikarten, Lehrbüchern und bunten Markierungen – alles fein säuberlich geordnet nach abgearbeiteten Themen. Emilia war sehr ordentlich.

Während Emilia sich auf ihren Tag vorbereitete, standen Maximilian und Anna in der Küche und sprachen leise miteinander. „Es ist ein großer Tag für sie," sagte Maximilian und sah zum Fenster hinaus. Anna nickte lächelnd. „Ja, aber es ist erst der Anfang. Es werden noch viele solche Momente kommen. Und jedes Mal wird sie stärker daraus hervorgehen."

Die Prüfung verlief wunderbar. Letztlich bekam sie ein Zeugnis, das ihrer Arbeit entsprach. Ihr Einsatz hat sich gelohnt. Im Schnitt eine 2. Sie konnte stolz auf sich sein. Ihre Eltern waren es auch.

Nach den Prüfungen bewarb sich Emilia an mehreren Kunsthochschulen und wurde schließlich an der Kunsthochschule Hannover angenommen. Ihr Studium sollte im Herbst beginnen und, bis dahin half sie ihren Eltern bei der Arbeit. Ihre Mutter Anna betrieb einen Kunst- und Antiquitätenladen, der sich im Erdgeschoss des Hauses befand, in dem sie lebten.

An einem sonnigen Nachmittag arbeitete Emilia mit Anna zusammen im Laden. Während sie sorgfältig eine antike Vase reinigte, sagte ihre Mutter liebevoll: „Du hast ein wunderbares Auge für diese Schätze." „Ich kann sehen, wie sehr dir die Kunst am Herzen liegt." Emilia lächelte, während sie die Vase drehte. „Das habe ich von dir, Mama. Und von diesem Haus. Irgendwie inspiriert mich alles hier."

Das Haus selbst war ein altes, charmantes Gebäude, das einst Teil des historischen Stadtkerns von Bad Nenndorf gewesen war. Seine hohen Decken, die knarrenden Dielen und die großen Fenster verliehen ihm eine besondere Atmosphäre, die Emilia als Zuhause kannte und liebte. Oft, wenn sie durch die knarrenden Dielen des Flurs ging, spürte sie die Geschichten, die dieses Haus in seinen Wänden trug, und es erinnerte sie daran, warum sie Kunst so sehr liebte.

Ihre Wohnung lag im oberen Stockwerk des Gebäudes, mit Blick auf den nahegelegenen Kurpark. Emilia hatte hier ihre gesamte Kindheit verbracht und kannte jede Ecke des Parks. Besonders der Spielplatz war ein Ort, an dem sie oft Stunden mit anderen Kindern verbracht hatte. Die sanft geschwungenen Wege des Kurparks, die von alten Bäumen gesäumt waren, gaben ihr immer das Gefühl von Geborgenheit. Oft saß sie mit einem Skizzenblock auf einer Bank und zeichnete Szenen aus dem Park oder dem Laden ihrer Mutter.

Es war ein regnerischer Herbsttag, als Emilia zusammen mit ihrem Vater Maximilian in das alte Kaiserhaus in Hildesheim fuhr. Das Gebäude, ein imposantes, barockes Bauwerk, stand majestätisch am Marktplatz, und schon von weitem konnte Emilia die Schwere der Geschichte spüren, die in den Wänden des Hauses eingeschlossen war. Der Auftrag ihres Vaters, den Haushalt der kürzlich verstorbenen Emilie Schindler aufzulösen, klang vielversprechend und mysteriös zugleich.

Maximilian hatte bereits zahlreiche Haushaltsauflösungen durchgeführt, doch dieses Gebäude und die Geschichte hinter den verstorbenen Eheleuten Schindler fesselten ihn. Emilie Schindler war keine gewöhnliche Frau gewesen. Sie hatte in einem wohlhabenden Umfeld gelebt und war mit mit Otto Schindler verheiratet gewesen, einem Mann, der in den 1970er Jahren in die Schlagzeilen geraten war. Ottos Vater, eine bekannte Persönlichkeit, war eine Figur von historischem Interesse gewesen, und Emilie selbst hatte ihre eigenen Geheimnisse, die nun entdeckt werden sollten.

Als sie das Haus betraten, umfing sie der Geruch von altem Holz und Staub. Der Flur war von edlen Teppichen bedeckt, die teils verblasst, aber immer noch von beeindruckender Qualität waren. Emilia folgte ihrem Vater, der mit einem erfahrenen Blick die Räume musterte und das Inventar auflistete. In den einzelnen Zimmern waren noch viele Gegenstände von Emilie Schindler zurückgelassen worden – wertvolle Möbel, Porzellan und Bilder, die von einer anderen Zeit erzählten.

Maximilian war in seiner Arbeit routiniert, doch Emilia konnte die Faszination in seinen Augen sehen, als er sich einem alten Schreibtisch in einem der oberen Zimmer näherte. Auf dem Tisch lag ein Stapel vergilbter Briefe und Papiere. Als er diese durchblätterte, bemerkte Emilia, dass einige der Dokumente mit dem Namen Otto Schindler und seinem Vater, dem bekannten Mann aus den 1970er Jahren, signiert waren. Es schien, als ob die Geschichte des Hauses mehr verbarg, als es auf den ersten Blick schien.

„Schau dir das an, Emilia", sagte ihr Vater und reichte ihr ein Blatt Papier. Es war ein Brief aus den frühen 1950er Jahren, geschrieben von einem anonymen Absender, der in rätselhaften Worten von geheimen Begegnungen und wichtigen Gesprächen sprach. Es war offensichtlich, dass dieser Brief Teil eines größeren Geheimnisses war, das Emilie Schindler und ihre Familie umgab.

Emilia spürte, dass sie auf der Schwelle zu etwas Großem stand, einer Entdeckung, die die Vergangenheit des Hauses und seiner Bewohner in einem neuen Licht erscheinen lassen würde. Doch sie wusste auch, dass nicht jede Geschichte, die von der Vergangenheit erzählt wird, ein happy end hat. Die nächsten Tage in diesem alten Gebäude würden viele Rätsel aufwerfen – und sie war bereit, ihnen auf den Grund zu gehen.

An diesem Samstagmorgen, der mit sanftem Sonnenlicht durch die Wolken brach, fuhren die Bergmanns, bestehend aus Emilia und ihrem Vater Maximilian, in die historische Stadt Hildesheim. Das alte Kaiserhaus am Markt 1 war das Ziel ihrer Reise, ein prächtiges Gebäude, das die Zeit überdauert hatte und von Geschichte durchzogen war. Sie wurden dort bereits erwartet: Max, der Enkel der verstorbenen Emilie Schindler, stand an der Tür und begrüßte sie herzlich. Der junge Mann hatte die gleiche tiefe Verbundenheit mit dem Gebäude wie sein Großmutter, deren Anwesen sie nun auflösen sollten.

Maximilian, ein erfahrener Antiquitätenhändler und Restaurator, trat ein und ließ sich sofort von der Atmosphäre des Hauses einfangen. „Hier steckt viel Geschichte drin", sagte er leise, während er mit Emilia und Max durch die Räume ging. Max zeigte ihnen das Innere des Hauses mit einer Mischung aus Nostalgie und Resignation. Er hatte das Haus seiner Großmutter als Kind oft besucht und war jetzt derjenige, der sich von den letzten Überresten ihres Lebens trennen musste.

Während Max die Räume mit einem modernen Fotoapparat dokumentierte, um die Erinnerungen zu bewahren und später für das Inventar zu verwenden, ging Maximilian direkt ans Werk. Er hatte eine Leidenschaft für alte Dinge und konnte es kaum erwarten, die wertvollen Antiquitäten zu katalogisieren, die in den Ecken des Hauses verborgen waren. Es war fast, als ob die Möbel und Kunstwerke selbst Geschichten erzählten, und Maximilian wusste, wie wichtig es war, diese Details zu erfassen.

„Das hier ist ein Meisterwerk", murmelte er, als er eine exquisite Kommode in einem der Räume begutachtete. „Diese handgeschnitzten Details... Ein wahres Kunstwerk. Es muss eine der ersten Arbeiten von Emilies Vater gewesen sein." Während er die Stücke sorgfältig inspizierte und mit einem Stift auf seinem Notizblock vermerkte, versuchte Emilia, sich alles genau anzusehen. Sie hatte schon oft mit ihrem Vater auf Antiquitätensuche gegangen, doch heute schien es besonders wichtig, jede Ecke zu erfassen.

Max, der in Gedanken versunken durch das Haus ging, erinnerte sich an seine Kindheit und wie er die Geschichten von seiner Großmutter gehört hatte. Sie hatte von den geheimen Begegnungen und den Rätseln erzählt, die ihre Familie begleiteten. Jetzt, wo das Haus aufgelöst wurde, fühlte sich Max, als würde auch ein Teil dieser Geschichten mit den alten Möbeln und Bildern verschwinden.

„Was ist mit diesem Raum hier?" Fragte Emilia, als sie die Tür zu einem gut versteckten Zimmer öffnete. Die Wände waren bedeckt mit schweren Vorhängen, und der Raum war nur schwach erleuchtet. Auf dem Tisch in der Mitte des Zimmers lag eine Sammlung von alten, handgeschriebenen Notizen und Akten. Einige von ihnen waren aus der Zeit des Zweiten Weltkriegs, andere aus den 50er Jahren. Es war, als ob dieser Raum die letzten Geheimnisse der Familie Schindler bewahrte.

„Das könnte interessant sein", sagte Maximilian, als er sich das Papier näher anschaute. „Vielleicht finden wir hier mehr über Emilie und Otto Schindler heraus."

Max, der nun ebenfalls das Interesse an der Entdeckung teilte, nickte. „Ich habe nie gewusst, dass meine Großmutter so viele Geheimnisse hatte", sagte er nachdenklich.

Während Maximilian die Dokumente genau durchging und erste Vermutungen über ihren Wert anstellte, nahm Emilia einen Schritt zurück und betrachtete das gesamte Bild: das alte Kaiserhaus, die wertvollen Antiquitäten, die Fotografien von Max und die rätselhaften Papiere. Sie hatte das Gefühl, dass sie nur an der Oberfläche eines viel größeren Geheimnisses kratzten – eines, das mit der Geschichte von Emilie Schindler und ihrem Mann Otto sowie ihrem berühmten Vater zusammenhing. Und obwohl sie noch nicht wusste, wohin diese Entdeckungsreise führen würde, spürte sie, dass sie einen entscheidenden Schritt in die Vergangenheit tat.

Anna und Emilia erkundeten den Keller, wo sie auf eine beeindruckende Sammlung von Möbeln stießen, viele davon antik und aus dem letzten Jahrhundert stammend. Die Schränke waren noch gefüllt mit Geschirr und Besteck in Silber, Gold und einer blauen Farbe, die Annas Herz höher schlagen ließen. Sie dachte bereits daran, anzubauen, um all diese Schätze unterzubringen. Der Wert der Gegenstände im Keller war offensichtlich; solche Antiquitäten würden bei „Bares für Rares" garantiert hohe Preise erzielen. Diese Entdeckung verstärkte Annas Begeisterung und Leidenschaft für ihren Beruf, denn sie wusste, dass es für viele dieser wertvollen Stücke einen Markt gab.

Gespannt schlichen die beiden weiter durch das Kellergewölbe. Eine rechts, die andere linksherum. Emilia bemerkte ein verstaubtes Fenster, durch dem schwaches Licht in den Raum fiel. Das fiel auf einen Gegenstand in einer Nische neben einem Schrank. Einen zusammengerollten Teppich. Der stand zusammengerollt in der Ecke. Neugierig zog Emilia ihn hervor. Eine Staubwolke stieg auf. Emilia hielt kurz den Atem an und ließ den Teppich los. Der fiel auf den Boden und entrollte sich ein wenig, sodass ein Teil des Musters sichtbar wurde. Das Muster faszinierte sie sofort. Sie rief ihre Mutter, und auch Anna war von dem Teppich angetan. Emilia wollte ihn unbedingt behalten. „Gut," sagte Anna, „kümmere dich drum. Aber lass ihn zuerst reinigen. Das geht in der Teppichscheune gut." Die Teppichscheune war das neue Gebäude der alten Teppichgalerie in Bad Nenndorf. Sie befand sich am Rande in einem Industriegebiet.

Am Montag holte Emilia den Teppich als Erstes mit ihrer Mutter ab. Anna half ihr beim Tragen, und gemeinsam brachten sie ihn zur Teppichscheune, wo er gründlich gereinigt wurde.

Ein paar Tage später fuhr Emilia mit dem Fahrrad zur Scheune, um den Teppich abzuholen. Er war 250 x 125 cm groß, und Emilia plante, ihn mit dem Fahrrad zu transportieren. Ein Mitarbeiter der Firma, die seit 1970 in der Stadt ansässig war, ein Mann aus dem Iran namens Mahan, vermutlich Mitte 40, brachte den Teppich zu ihr und legte ihn zur Begutachtung aus. Der Teppich entfaltete nun seine volle Schönheit und Pracht, schimmerte seidig und beeindruckte Emilia noch mehr als zuvor. Sie standen auf der Rampe der Lagerhalle.

Mahan half ihr, den Teppich wieder zusammenzurollen und auf das Fahrrad zu laden. Emilia hielt das Rad, während Mahan versuchte, den Teppich daran festzubinden. Doch das Vorhaben erwies sich als schwieriger als gedacht. Emilia konnte das Fahrrad nicht festhalten, es kippte nach links, und in einem unglücklichen Moment fiel Mahan mitsamt dem Teppich und dem Fahrrad über Emilia. Im Chaos erhielt Emilia einen Schlag vom Vorderrad an den Kopf, und plötzlich wurde alles um sie herum schwarz.

Als Emilia wieder zu sich kam, war sie zunächst verwirrt. Der Raum, in dem sie sich befand, war nicht mehr die Teppichscheune, sondern eine weit offenere, endlose Weite, in der der Teppich in einer sanften, gleichmäßigen Bewegung durch die Luft schwebte. Das Fliegen war ein eigenartiges Gefühl – die weiche, aber gleichmäßige Schwingung des Teppichs unter ihr ließ sie fast das Gefühl haben, in einem sanften Traum zu schweben. Ihre Augen weiteten sich, als sie Mahan an ihrer Seite sah.

„Was ist hier los?", fragte sie, noch immer benommen.

Mahan, der ruhig und gelassen wirkte, drehte sich zu ihr und schien ihre verwirrten Blicke zu verstehen. „Das ist ein fliegender Teppich", sagte er mit einem ruhigen Lächeln. „Er stammt aus der Zeit um 3000 vor Christus und wurde in Täbris, einem alten Zentrum der Teppichkunst, gefertigt. Dieser Teppich wurde mit außergewöhnlicher Präzision und Kunstfertigkeit hergestellt. Jeder Knoten, und es sind eine Million Knoten pro Quadratmeter, wurde von Hand geknüpft. Das ist die Grundlage für seine Fähigkeit zu fliegen."

Emilia starrte ihn ungläubig an. Sie konnte es kaum fassen, was er ihr sagte. Ein Teppich, der fliegen konnte? Und noch aus so einer alten Zeit?

„Und das ist noch nicht alles", fuhr Mahan fort, während er sich auf dem Teppich setzte und geschickt mit den Füßen die Flugklappen am Rand des Teppichs aktivierte. „Während des Knüpfens wurde auch ein spezielles Material namens Fluggras eingearbeitet. Es macht den Teppich leichter und sorgt dafür, dass er sehr gut in der Luft manövrierbar ist. Wir steuern mit den Füßen die Flugklappen und mit dem Oberkörper können wir bremsen oder beschleunigen."

Emilia fühlte sich zunehmend fasziniert, auch wenn die ganze Situation völlig surreal war. „Und wohin fliegen wir jetzt?"

„Wir fliegen nach Täbris", antwortete Mahan. „Es sind noch etwa 3800 Kilometer, aber die Hälfte haben wir schon geschafft. Denk nicht zu viel nach – lass dich einfach vom Teppich treiben."

Emilia schloss die Augen für einen Moment und ließ sich von der surrealen Situation mitreißen. Die Vorstellung, dass sie auf einem Teppich fliegen konnte, ließ sie glauben, dass sie in einem Märchen gelandet war. Sie fühlte den leichten Wind, der an ihrem Gesicht zog, und der Klang der fliegenden Reise war beruhigend. Sie wollte diese magische Erfahrung noch länger genießen.

Als sie schließlich den Boden unter sich wieder spürte, öffnete Emilia die Augen und sah sich in einem wunderschönen, warmen Licht wieder – die Stadt Täbris, umhüllt von goldenen Sonnenstrahlen, begrüßte sie mit einer alten, ehrwürdigen Schönheit. Der Teppich landete sanft in einem kleinen, versteckten Hof eines Hauses, das von Mahan als das Zuhause seiner Eltern bezeichnet wurde.

„Willkommen in Täbris", sagte Mahan und grinste. „Hier können wir übernachten."

Später, beim Abendessen, erzählte Mahan seinen Eltern von ihrer Reise und der Entdeckung des fliegenden Teppichs. Die Eltern hörten aufmerksam zu, und sein Vater, ein weiser Mann, der in der Geschichte und den Traditionen der Region tief verwurzelt war, machte einen Vorschlag. „Vielleicht solltet ihr morgen Amir-Assad besuchen", sagte er. „Er ist der beste Teppichhändler hier, und er könnte euch helfen, mehr über diesen Teppich herauszufinden."

Am nächsten Tag besuchten Mahan und Emilia den Bazar von Täbris, wo sie Amir-Assad, den berühmten Teppichexperten, trafen. Amir war ein alter Mann, dessen Ruf weit über die Stadt hinausreichte. Nachdem er den Teppich begutachtet hatte, begann er sofort, die feinen Details des Stücks zu analysieren. Schließlich fand er eine Stelle, an der er die eingewebten Zeichen entschlüsselte.

„Dieser Teppich ist 3000 Jahre alt", sagte Amir. „Er stammt aus der Region um Jermuk, heute bekannt für seine Apfelplantagen. Der Teppich wurde dort von Hand geknüpft. Unglaublich, aber wahr, dieser Teppich ist auch heute noch in der Lage zu fliegen."

„Und er gehört mir nicht wirklich", sagte Mahan mit einem Lächeln. „Er gehört Emilia, der jungen Frau da drüben."

Mit dieser neuen Information machten sich Emilia und Mahan auf den Weg nach Jermuk, um mehr über den Teppich herauszufinden. Nachdem sie in der Stadt angekommen waren, landeten sie direkt auf dem Hof des Apfelbauern Ashot Sargsyan, dessen Hof bekannt für seine üppigen Apfelplantagen war.

Ashot empfing sie herzlich und zeigte ihnen seine Apfelplantagen. Während des Gesprächs erklärte er, dass er von alten Legenden über fliegende Teppiche gehört hatte, aber einen so einzigartigen Teppich wie diesen noch nie gesehen hatte. Sargsyan war sehr gastfreundlich und lud Emilia und Mahan ein, bei ihm zu bleiben.

Als sie sich am Abend bei einem Apfelbaum niederließen, zeigte Emilia auf einen Strauch, der plötzlich von goldenen Granatäpfeln übersät war. Nune, Sargsyans Schwester, erklärte, dass der Strauch Zuneigung spürte und diese „Geschenke" nur denen gab, die ihm mit Respekt begegneten.

Emilia streichelte die Zweige, und ein goldener Granatapfel sprang in ihren Schoß. „Was ist das?", fragte Emilia aufgeregt.

„Das ist die Belohnung des Strauchs für deine Zuneigung", erklärte Nune mit einem Lächeln. „Du darfst dir einen aussuchen, aber nur einen."

Emilia wählte vorsichtig einen Granatapfel und fühlte sich von der Magie dieses Ortes erfüllt. Es war, als ob der gesamte Hof von einer uralten Weisheit durchzogen war.

Doch die Zeit verging, und es war bald klar, dass Mahan und Nune sich näher kamen. Mahan entschied sich, in Jermuk zu bleiben und Nune zu heiraten, während Emilia sich entschloss, alleine mit dem fliegenden Teppich nach Hause zu fliegen.

Die Rückreise war ebenso außergewöhnlich wie die Ankunft, doch als Emilia wieder in der Teppichscheune erwachte, stellte sie fest, dass alles, was sie erlebt hatte, nur ein Traum gewesen war. Doch der Teppich lag noch immer vor ihr ausgebreitet, und als sie ihn begutachtete, fand sie zwei goldene Granatapfel-Ohrringe und eine Halskette, die in einem Knoten des Teppichs verwebt waren. Die Erinnerung an das Abenteuer war lebendig und real, als würde sie immer ein Teil von ihr bleiben.

„Vielleicht war es nur ein Traum", murmelte Emilia, als sie sich aufrichtete. „Aber es war so real."

Mahan, der ebenfalls da war, nickte und sagte mit einem Lächeln: „Manchmal sind die besten Abenteuer die, die uns im Traum begegnen."

Emilia wusste, dass sie eines Tages nach Jermuk zurückkehren würde, um ihre neuen Freunde zu besuchen. Aber bis dahin würde der Teppich, mit seinen Geheimnissen und Magie, immer ein Teil von ihr bleiben.

Ein Hauptgewinn

Es war Freitag, der 13. September. Bernhard, von seinen Freunden liebevoll Bernie genannt, saß bequem auf seinem alten, aber gemütlichen Sofa. Die Abenddämmerung tauchte sein Wohnzimmer in ein goldenes Licht, als ihn plötzlich ein Gedanke durchzuckte: Warum nicht einfach mal was Verrücktes tun? Spontan griff er zum Tablet und loggte sich bei Lotto24 ein.

Bernie war kein Typ für Glücksspiele. Für drei Euro ließ er sich dennoch Zahlen für den Eurojackpot generieren – einfach so, ohne viel nachzudenken. Ein paar Klicks, und schon war die Bestätigung da: 120 Millionen Euro als Hauptgewinn. Bernie schüttelte den Kopf und lächelte flüchtig. Als ob er was davon gewinnen würde.

Noch nie hatte er an einer Lotterie teilgenommen. Er war ein Mann der Logik, der Zahlen und Strategien. Bernie hatte in Aktien investiert, seit er seinen ersten Job als Zeitungszusteller angenommen hatte, und über die Jahre ein beachtliches Vermögen aufgebaut. Alles Schritt für Schritt, ohne Risiko, das er nicht kontrollieren konnte. Lotto? Das war etwas für Leute, die verzweifelt auf ein Wunder hofften. Doch heute war etwas anders.

Ein leiser, aber hartnäckiger Drang hatte ihn zu dieser Entscheidung geführt. Rational war, das nicht zu erklären. Bernie runzelte die Stirn. Was ist nur los mit mir? Vielleicht war es die Routine, die ihn in letzter Zeit zermürbte, oder das Gefühl, dass trotz all seiner Vorsicht etwas in seinem Leben fehlte. Ein unerklärliches Bedürfnis nach Veränderung, nach mehr.

Sein Blick schweifte durch den Raum, blieb an einem Foto hängen, das er vor Jahren auf Kuba gemacht hatte. Ein alter Freund lebte dort und schwärmte bei jedem Besuch von der Insel. Havanna – mit seiner einzigartigen Mischung aus kolonialem Charme und kubanischer Lebensfreude – war für Bernie mehr als nur ein Reiseziel. Es war ein Traum, ein Ziel, das er eines Tages erreichen wollte.

Er erinnerte sich an die Erzählungen: die farbenfrohen Straßen der Altstadt, die Musik, die aus jeder Gasse klang, die Menschen, deren Lebensfreude ansteckend war. Havanna, das „Paris der Antillen", war einst eine Metropole des Wohlstands. Heute war die Stadt zwar gezeichnet von der Zeit, aber nicht minder faszinierend.

Eines Tages dachte Bernie, eines Tages werde ich dorthin reisen. Er hatte immer geglaubt, dass er sich solch ein Leben in Kuba mit harter Arbeit und klugen Entscheidungen ermöglichen könnte. Doch jetzt? Jetzt hielt er für einen Moment inne und ließ sich von der absurden Idee blenden, dass alles plötzlich schneller gehen könnte – durch einen Lottogewinn.

Er lachte trocken. „Verrückt." Aber da war sie wieder, diese Stimme in ihm, die flüsterte: Warum nicht?

Bernie schlief ein, während ihm Gedanken an einen möglichen Gewinn noch durch den Kopf schwirrten. Zahlen, Sandstrände und das bunte Treiben Havannas verschmolzen in seinen Träumen zu einer nebulösen Fantasie. Doch plötzlich riss ihn der schrille Ton des Weckers aus dem Schlaf. Es fühlte sich an, als hätte er kaum die Augen geschlossen.

Sein Körper war schwer, und eine diffuse Erschöpfung drückte auf seine Schultern, aber die Arbeit rief. Routiniert zog er sich an, griff nach seiner Jacke und verließ die Wohnung. Die Druckerei war nicht weit, und wie immer stand sein Transporter bereit. Als Zeitungszusteller fuhr er die Zeitungsverteiler in den verschiedenen Orten eines bestimmten Kreises an. In seinem Fall war das Bietigheim. Der klare Nachthimmel und die milde Luft boten ihm einen Moment der Ruhe. Doch die Leichtigkeit, die er sonst manchmal bei der Arbeit empfand, wollte sich heute nicht einstellen.

Die Tour lief zunächst wie gewohnt. Zeitungsstapel für Zeitungsstapel verteilte er mit mechanischer Präzision, fast wie in einem Autopiloten. Doch kurz vor Bietigheim streikte sein Transporter plötzlich. Der Motor stotterte, und schließlich rollte das Fahrzeug mit einem leisen Stöhnen aus. Bernie fluchte leise. „Das auch noch."

Er stieg aus und inspizierte den Wagen. Benzinpumpe – oder etwas in der Richtung. Egal, was es war, er konnte es nicht selbst beheben. Er griff zum Handy und rief Sabrina an. Seine Ex-Frau war die erste Wahl, wenn er Hilfe brauchte – ebenso, wie er für sie immer da war.

„Sabrina? Kannst du mich retten? Der Transporter hat den Geist aufgegeben." Ihre Antwort kam ohne Zögern: „Klar, ich bin unterwegs." Es war halbvier Uhr morgens.

Zwanzig Minuten später kam sie mit ihrem Passat angefahren. Gemeinsam verteilten sie die restlichen Zeitungen. Die Zeit drängte, die Verteiler standen schon parat. Es war nicht das erste Mal, dass sie ihn unterstützte, und Bernie wusste es zu schätzen. „Du siehst müde aus", bemerkte sie beim letzten Stopp. „Alles okay bei dir?"

„Ja, ja", antwortete er abwehrend. „Nur eine lange Woche." Doch innerlich wusste er, dass es nicht nur das war. Diese Müdigkeit hatte sich in letzter Zeit immer häufiger eingeschlichen, wie ein ständiger Begleiter, der ihm den Atem raubte.

Nachdem sie die Arbeit beendet hatten, ließ Bernie den Transporter abschleppen und direkt in die Werkstatt bringen. Die Mechaniker versprachen, ihn bis zum Abend wieder fit zu machen. Das beruhigte ihn, zumindest für den Moment.

Zu Hause angekommen, schloss Bernie die Tür hinter sich und ließ sich schwer auf die Couch sinken. Sein Blick fiel auf das Tablet, das er achtlos auf dem Tisch liegen gelassen hatte. Kurz schaute er auf den Mailverkehr. Eine Mail von Lotto24 war noch ungelesen. Ein merkwürdiges Gefühl durchströmte ihn – eine Mischung aus Neugier, Zweifel und einem Hauch von Angst.

Mit zitternden Händen öffnete er die Nachricht. Die Worte sprangen ihm förmlich ins Gesicht:

„Herzlichen Glückwunsch zu Ihrem Hauptgewinn. Sie haben alle Zahlen richtig. Das sind 129 Millionen Euro. Wir haben diesen Betrag bereits Ihrem Konto gutgeschrieben. Sollten Sie Unterstützung bei Anlagen oder sonstigen Hilfen benötigen, wenden Sie sich gerne an uns."

Sein Herz begann zu rasen. Er starrte auf den Bildschirm, als würde er erwarten, dass die Worte sich auflösen. Doch sie blieben. Schwarz auf weiß. Unveränderlich.

„Das kann nicht wahr sein", murmelte er leise. Seine Finger scrollten automatisch zurück, lasen die Mail noch einmal, dann noch einmal – jedes Wort. Seine Gedanken überschlugen sich. Ein schlechter Scherz? Ein Betrug? Oder... war das tatsächlich real?

Bernie war wie in Trance. Die Worte ergaben Sinn, aber ihr Inhalt widersprach allem, woran er glaubte. 129 Millionen Euro. Eine Summe, die er sich nie ernsthaft vorgestellt hatte, auch nicht, als er das Ticket ausgefüllt hatte. Sein rationaler Verstand kämpfte gegen die wachsende Hoffnung in ihm. Er schlief darüber ein.

Als er aufwachte, griff er sofort zu seinem Tablet und las die Nachricht noch einmal. Nein, es war kein Traum. Er atmete tief durch, legte das Tablet beiseite und zwang sich, aufzustehen. Die Nachtarbeit rief, und die Zeitungen mussten verteilt werden – wie immer. Mechanisch griff er nach seiner Jacke und ging hinaus. Vorher musste er noch seinen Transporter abholen. Der stand schon bereit.

Die Straßen waren still, und die Dunkelheit hüllte ihn ein wie ein vertrauter Mantel. Bernie führte seine Arbeit aus, als wäre nichts geschehen. Er hielt an jeder Ecke, lieferte jede Zeitungspacken aus, grüßte routiniert die wenigen Frühaufsteher, die er traf. Doch sein Kopf war ein einziges Chaos.

Mit jedem Kilometer, den er fuhr, drängte sich die Realität dieser Nachricht immer mehr in sein Bewusstsein. 129 Millionen Euro. Was bedeutete das für ihn? Was sollte er tun? Er konnte diese Gedanken nicht abschütteln, aber die Routine der Arbeit half ihm, durchzuhalten.

Als er schließlich nach Hause zurückkehrte, war er wie ausgebrannt. Ohne die Kraft, auch nur einen weiteren Gedanken zu fassen, ließ er sich auf die Bettcouch fallen. Seine Augen schlossen sich sofort, und er fiel in einen tiefen, traumlosen Schlaf.

Am nächsten Tag saß Bernie mit einem Kaffee am Küchentisch, die Ereignisse der letzten Stunden immer noch wie ein Film vor seinem inneren Auge ablaufend. Es gab viel zu tun – zu viel, als dass er sich auf seine Arbeit konzentrieren konnte. Also griff er zum Telefon und rief einen Vertreter an, der ab sofort die Zeitungsverteilung übernehmen konnte, falls er selbst ausfallen würde. Manchmal übernahm das auch Sabrina. Es fühlte sich seltsam an, diese Verantwortung abzugeben, aber er wusste, dass es notwendig war.

Später am Nachmittag traf er sich mit Sabrina im Café Rosenstöckle, einem kleinen, gemütlichen Ort, den sie beide schätzten. Sabrina war nicht nur eine alte Freundin, sondern auch die einzige Person, der Bernie wirklich vertraute. Sie hatte eine schöne Gabe. Sie verurteilte Menschen nie. Sie versuchte immer, sie zu verstehen, ohne über sie zu urteilen. Dabei sah sie das Thema sehr realistisch, über das sie mit Menschen redete. Und das konnte sie dann kritisch bewerten und doch auch mal auf einen Fehler hinweisen.

Mit einer Mischung aus Aufregung und Unsicherheit erzählte Bernie ihr von seinem unglaublichen Gewinn. „129 Millionen", flüsterte er, als würde er befürchten, dass jemand sie belauschen könnte. Sabrina sah ihn einen Moment ungläubig an, bevor sie seine Hand nahm.

„Das ist… Wahnsinn, Bernie, stammelte sie. Aber ich sehe, dass es dich auch überfordert."

Er nickte nur. Die schiere Größe des Betrags machte ihn beinahe sprachlos. „Ich weiß nicht, was ich tun soll. Es ist, als würde ich auf einer riesigen Welle reiten, aber ich habe Angst, dass sie mich irgendwann verschluckt."

Sabrina lächelte beruhigend. „Das wird sie nicht. Wir machen das Schritt für Schritt. Vielleicht fangen wir damit an, wie du das Geld anlegen kannst."

Sie sprachen lange und ausführlich. Sabrina brachte die Idee ein, in Immobilien zu investieren – etwas Solides, das Sicherheit bot. Bernie gefiel der Gedanke, vor allem die Idee, eine Wohnanlage auf dem Gelände der alten Kelley Barracks in Möhringen zu entwickeln. Er kannte das Gebiet gut, und es hatte das Potenzial dazu.

Als der Montagmorgen kam, beschloss Bernie, den nächsten großen Schritt zu machen. Er ging zu seiner Hausbank, um die Realität seines Gewinns mit eigenen Augen zu sehen. Der Bildschirm vor ihm zeigte tatsächlich die Zahl: 129.000.000,00 EUR.

Er blinzelte mehrmals, doch die Zahl blieb. Es war ein Moment, der sich gleichzeitig monumental und unwirklich anfühlte, als könnte er das Glück nicht wirklich greifen.

Die Bank reagierte prompt. Ein erfahrenes Team aus Beratern wurde Bernie zur Seite gestellt. Sie organisierten ein Treffen mit einem Immobilienverwalter, um erste Schritte in Richtung seiner Investitionspläne zu unternehmen. Auch den Verkauf seines Zeitungsgeschäfts brachten sie in die Wege. Bernie wusste, dass er sich mit diesem neuen Kapitel in seinem Leben von seinen alten Gewohnheiten verabschieden musste.

Doch bis alle Verträge unterzeichnet und die Formalitäten erledigt waren, blieb Bernie seinem Rhythmus treu. Nacht für Nacht setzte er sich in seinen Transporter und fuhr die Zeitungen aus. Es war, als wolle er diese letzten Tage des einfachen Lebens noch auskosten.

Noch einmal fuhr Bernie durch die stillen Straßen. Er spürte eine seltsame Mischung aus Erleichterung und aber auch aus Wehmut. Bald würde er diese nächtlichen Touren nicht mehr machen müssen. Das Leben, das er gekannt hatte – mit all seinen Routinen, Herausforderungen und kleinen Freuden – lag langsam hinter ihm. Doch vor ihm öffnete sich eine neue, ungeahnte Welt voller Möglichkeiten.

Doch das Leben hatte andere Pläne für Bernie. Was wie eine unaufhaltsame Wende zum Guten begonnen hatte, nahm eine dunkle Wendung, als er plötzlich gesundheitliche Probleme bemerkte. Zunächst waren es nur

Erschöpfung und Schwäche, doch bald kamen andere Symptome hinzu. Nach mehreren Untersuchungen stellte der Arzt schließlich die niederschmetternde Diagnose: Leukämie.

Bernie nahm die Nachricht mit einer stoischen Ruhe entgegen, wie es seiner Art entsprach. Er war nie jemand, der in Panik geriet oder sich von Emotionen überwältigen ließ. Stattdessen akzeptierte er das Unvermeidliche, auch wenn ihm bewusst war, dass ihm nicht mehr viel Zeit blieb.

Die folgenden Wochen waren geprägt von intensiven Behandlungen, die jedoch keinen Erfolg brachten. Sein Zustand verschlechterte sich stetig, und Bernie begann, sein Leben und die Entscheidungen, die vor ihm lagen, mit einer Klarheit zu betrachten, die ihn selbst überraschte. Sabrina, die ihm stets eine treue Freundin gewesen war, wich nicht von seiner Seite. Sie war seine Stütze in dieser schweren Zeit, half ihm bei allem, was nötig war, und sorgte dafür, dass er sich nicht allein fühlte. Auch Karen, seine Freundin, kümmerte sich um ihn. Sie war allerdings gehandicapt durch eine Wirbelsäulenverkrümmung. Bernie half ihr oft bei ihrem täglichen Allerlei.

In einem stillen Moment bat Bernie Sabrina, seine Bevollmächtigte zu werden. Er wusste, dass er jemanden brauchte, der in seinem Sinne handeln konnte, wenn er selbst dazu nicht mehr in der Lage war. Gemeinsam mit einem Notar verfasste er sein Testament, in dem er all seine Wünsche und Vorstellungen festhielt.

Als Bernies Kräfte weiter schwanden, wurde er schließlich ins Krankenhaus eingeliefert. Trotz der körperlichen Schwäche war sein Geist wach. Er plante alles bis ins Detail: die Beisetzung, die Trauerfeier und sogar die Musik, die gespielt werden sollte. Sein Wunsch war es, im Friedwald beigesetzt zu werden, einem Ort der Stille und Natur, den er immer geliebt hatte.

Die Beerdigung fand in einem kleinen Kreis statt, so wie Bernie es gewollt hatte. Doch zu seiner Überraschung – und vermutlich auch zu seiner Freude – erwies sich der Kreis als weit größer, als er geplant hatte. Menschen, die Bernie über die Jahre gekannt und geschätzt hatten, kamen, um sich von ihm zu verabschieden. Sie erinnerten sich an seine Bescheidenheit, seine Zielstrebigkeit und die Wärme, die er trotz seines oft kühlen Pragmatismus ausstrahlte.

Nach der Zeremonie versammelten sich die Trauergäste im Kickersheim, wo sein Testament verlesen wurde. Bernie hatte, wie man es von ihm erwarten konnte, nüchtern und pragmatisch gehandelt. Zwei Wohnungen und Investitionen im Wert von 700.000 Euro waren Teil seines Nachlasses.

Den größten Anteil seines Gewinns hatte er jedoch Sabrina hinterlassen. Sie hatte ihn bis zuletzt begleitet und war die Person, der er am meisten vertraute. Der Rest wurde unter seiner Familie aufgeteilt: seine Schwester, Neffen, Cousine und eine frühere Freundin erhielten jeweils ein großzügiges Erbe.

Doch Bernies Vermächtnis ging weit über materielle Werte hinaus. Er hinterließ das Andenken an einen Mann, der trotz eines unglaublichen Hauptgewinns nie den Kontakt zur Realität verloren hatte. Der Traum, den er und Sabrina einst geteilt hatten, blieb ein Geheimnis zwischen ihnen – ein Traum von einer Reise, die Bernie nie antreten konnte. Doch in Sabrinas Erinnerung lebte diese Magie weiter, wie ein stiller Funken Hoffnung und Abenteuerlust.

Jedes Jahr, an Bernies Todestag, versammeln sich seine Angehörigen im Friedwald, um seiner zu gedenken. Seine Schwester, sein Schwager, seine Neffen und enge Freunde. Natürlich Sabrina und Karen. Danach sitzen sie zusammen, teilen Geschichten, lachen und weinen gemeinsam. So bleibt Bernie lebendig – nicht nur in ihren Erinnerungen, sondern auch in der Art und Weise, wie sie miteinander verbunden sind.

Phils Comics und das Geheimnis um Emma

Phil lebte mit seiner Schwester Janin und ihrer Mutter in einer kleinen Wohnung in Wismar. Der 12-jährige Phil besuchte das technische Gymnasium, während seine 19-jährige Schwester Janin Naturwissenschaften studierte. Ihre Mutter arbeitete in einer Gaststätte, was ihr ermöglichte, ab und zu Essen für zu Hause mitzubringen – eine kleine Hilfe, um die knappen Mittel der Familie ein wenig zu strecken.

Im Haushalt übernahmen die beiden Geschwister die Verantwortung. Phil kümmerte sich um viele Aufgaben: Er saugte, spülte, brachte den Müll hinaus und fegte die Straße. Manchmal wurde er von seinen Mitschülern und den Nachbarkindern gehänselt, doch das störte ihn nicht. Seine Liebe und Loyalität zu seiner Mutter waren stärker als jede Beleidigung. Er wusste, wie hart sie arbeitete, um für die Familie zu sorgen, und half ihr, wo er nur konnte.

Zwischen den Geschwistern herrschte ein enges, unterstützendes Verhältnis. Janin war eine intelligente und engagierte junge Frau mit großen Träumen. Sie wollte die Welt verändern, etwas bewirken – und sie war für Phil ein echtes Vorbild. Ihre Mutter war eine starke, resiliente Frau, die trotz der schwierigen Umstände immer optimistisch blieb und ihren Kindern Halt gab.

Der frühe Tod von Phils Vater, als er gerade fünf Jahre alt war, hatte ihn tief geprägt. Sein Vater, ein leidenschaftlicher Motorradfahrer, verunglückte bei einem tragischen Unfall. Phil erinnerte sich noch genau an den Tag, als seine Mutter ihm die schreckliche Nachricht überbrachte. Der Schmerz und die Trauer überwältigten ihn, und es dauerte lange, bis er den Verlust einigermaßen verarbeiten konnte.

Der Tod von Phils Vater hatte tiefgreifende Folgen für die Familie. Von einem Moment auf den anderen musste seine Mutter alleine für die beiden Kinder sorgen. Sie fand Arbeit in einer Gaststätte, doch der Job war hart und schlecht bezahlt. Die Familie musste in eine kleinere Wohnung umziehen und jeden Cent zweimal umdrehen. Doch trotz dieser Schwierigkeiten gab es auch Lichtblicke. In der Gaststätte fanden sie Unterstützung. Die Besitzer und die Mitarbeiter nahmen Phil und Janin unter ihre Fittiche und halfen ihnen, sich in der neuen Lebenssituation zurechtzufinden.

Die Gaststätte wurde nicht nur zur Einkommensquelle, sondern auch zu einem Ort der Geborgenheit. Die Menschen dort schufen ein Gefühl von Gemeinschaft, das der Familie in dieser schweren Zeit sehr half. Die Mitarbeiter, die mit einem Lächeln und einem offenen Ohr zur Seite standen, gaben den Geschwistern das Gefühl, nicht allein zu sein. Diese Unterstützung war für Phil und Janin eine wertvolle Hilfe, um mit der Trauer und den Veränderungen des Lebens umzugehen.

Mit der Zeit wurde Karin, Phils Mutter, zu einer unverzichtbaren Stütze im Lokal. Ihre Fleißigkeit, Zuverlässigkeit und ihre stets freundliche Art machten sie bei den Gästen sehr beliebt. Sie war immer die Erste, die ankam, und die Letzte, die ging. Die Besitzer schätzten sie sehr und waren dankbar, sie in ihrem Team zu haben. Für Karin war die Arbeit weit mehr als nur ein Job; sie sah sie als einen Weg, ihren Kindern ein besseres Leben zu ermöglichen und ihnen gleichzeitig ein Vorbild zu sein.

Durch die schwierigen Jahre in seiner Kindheit hatte Phil früh gelernt, Verantwortung zu übernehmen. Er half seiner Mutter im Haushalt, kümmerte sich um seine Schwester und zeigte eine bemerkenswerte Reife für sein Alter. Diese Erfahrungen formten ihn zu einem pflichtbewussten und hilfsbereiten Jungen, der stets bereit war, die Bedürfnisse anderer über seine eigenen zu stellen. Der Verlust seines Vaters und die Herausforderungen, denen er und seine Familie gegenüberstanden, hatten ihm beigebracht, dass Zusammenhalt und Unterstützung die wichtigsten Werte im Leben sind.

Trotz der Schwierigkeiten, mit denen sie konfrontiert waren, gaben Phil und Janin ihre Träume und Ziele nie auf. Phil strebte danach, Arzt zu werden, inspiriert von dem Wunsch, anderen zu helfen, während Janin mit Leidenschaft Naturwissenschaften studieren wollte, um einen Beitrag zur Gesellschaft zu leisten. Beide Geschwister waren sich bewusst, dass der Weg zu ihren Zielen steinig sein würde, doch ihre Entschlossenheit und der Rückhalt, den sie in ihrer Familie fanden, gaben ihnen den Mut, weiterzumachen.

Phils Vater hatte ihm ein kleines, aber bedeutendes Vermächtnis hinterlassen: eine Sammlung von Comics, die teilweise schon aus der Zeit seines Großvaters stammten. Diese Hefte könnten potenziell sehr wertvoll sein, doch als Phil sie entdeckte, war ihm das nicht bewusst. Eines Tages, als er wieder einmal im Kleiderschrank seiner Mutter stöberte, stieß er auf einen alten Karton, so groß wie ein Umzugskarton. Neugierig zog er ihn heraus, und als er den Deckel öffnete, entdeckte er die vergessene Sammlung.

Darin befanden sich alte Comics: die Serie Sigurd, die schmalen Falk-Comics und die Abenteuer von Tarzan. Phil war überwältigt. Er wusste nicht, wo er anfangen sollte, und blätterte einfach wild durch die Seiten. Die Comics, die einst von seinem Vater und Großvater geliebt worden waren, erschienen ihm wie ein Fenster in eine vergangene Zeit, die er nur aus Erzählungen kannte.

Um mehr über ihren Wert herauszufinden, suchte er auf eBay nach ähnlichen Ausgaben – und staunte nicht schlecht: Einige Hefte konnten bis zu 800 Euro wert sein! Besonders die Tarzan-Comics hatten es ihm angetan. Die Figuren Jane und Chita wurden für ihn schnell zu vertrauten Begleitern, die ihn in eine Welt voller Abenteuer entführten. Diese Entdeckung war mehr als nur eine wertvolle Sammlung von Bildern und Geschichten; sie war eine Brücke zu seinem Vater, ein kleines Stück Erinnerung, das ihn mit der Vergangenheit verband.

Gerade als Phil tief in die Comics vertieft war, hörte er die Tür öffnen. Janin kam von der Schule nach Hause. „Was machst du da?", fragte sie, und Phil erschrak. Er wusste, dass Janin manchmal schroff sein konnte. „Wenn das Mama sieht, dann gnade dir Gott!", warnte sie ihn mit einem durchdringenden Blick. Sofort packte Phil alles wieder zusammen und stellte den Karton hastig in den Schrank. Doch in den folgenden Tagen konnte er der Versuchung nicht widerstehen. Immer wenn niemand zu Hause war, holte er den Karton hervor und vertiefte sich erneut in die alten Geschichten, die ihn mehr und mehr fesselten.

Seine Mutter, die die Unordnung in ihrem Kleiderschrank bemerkte, ahnte vermutlich, was vor sich ging. Doch sie ließ Phil gewähren. Sie wusste, dass die Comics für ihn mehr waren als nur eine Ablenkung oder Unterhaltung; sie waren ein Fenster zu einer anderen Welt – eine Flucht aus dem Alltag, der ihm oft zu schaffen machte. In den Comics fand er nicht nur Abenteuer, sondern auch Trost und eine Verbindung zu seinem Vater, die ihm half, mit der Trauer und den Herausforderungen des Lebens umzugehen.

Janin, Phils Schwester, war nicht nur eine engagierte Studentin der Naturwissenschaften, sondern auch eine leidenschaftliche Zuschauerin alter Tierserien aus Afrika. Besonders Daktari hatte es ihr angetan. Die Serie fesselte sie nicht nur durch ihre spannende Handlung, sondern auch durch die lehrreichen Inhalte über die Tierwelt Ostafrikas und den Tierschutz. Janin hatte viele Folgen auf YouTube hochgeladen und schaute sie oft an. Gelegentlich setzte sich Phil zu ihr, und gemeinsam verfolgten sie die Abenteuer der Serie.

Besonders eine Episode hatte es Phil angetan: die, in der die Tochter des Tierarztes, Emma, auftauchte. Sie war für ihn einfach bezaubernd. Ihre ruhige, hilfsbereite Art und ihre Ausstrahlung faszinierten ihn, und so schaute er die Serie immer wieder, wann immer es ihm die Zeit erlaubte. Für Phil war Emma mehr als nur eine fiktive Figur – sie war ein Sinnbild für eine Welt, die er sich wünschte: voller Abenteuer, Liebe und der Hoffnung auf bessere Zeiten.

Phil war in der Schule voll ausgelastet und hatte viel um die Ohren: Hausaufgaben, Arbeitsgruppen und Sport. Leichtathletik war seine große Leidenschaft, besonders im Langlauf, wo er sich als Favorit ab 1000 Metern bewies – sogar bis zu 5000 Metern. Trotz seines vollen Terminkalenders fand er immer wieder Zeit, die nächste Folge von Daktari zu sehen. Besonders die Episoden mit Emma zogen ihn magisch an. In seinen Tagträumen stellte er sich vor, sie eines Tages kennenzulernen und mit ihr ein Leben voller Glück und Abenteuer zu führen. Diese Gedanken gaben ihm ein Gefühl von Wärme und Hoffnung, das ihn durch den stressigen Alltag trugen.

Eines Nachmittags, als Phil von der Schule nach Hause kam, bemerkte er, dass Janin nicht da war. Neugierig schlich er in ihr Zimmer und fand ihren Laptop geöffnet – eine neue Folge von Daktari war heruntergeladen. Ohne zu zögern setzte er sich an den Computer und startete die Episode. In dieser Folge war Emma in großer Gefahr, von einem Löwen angegriffen zu werden. Mit angehaltenem Atem verfolgte Phil, wie Dr. Tracy, Emmas Vater, den Löwen vertrieb und seine Tochter rettete. Die Spannung dieser Szene und die bewundernswerte Schönheit von Emma überwältigten ihn. Als die Folge zu Ende war, fühlte er sich von einer Flut neuer, ungewohnter Gefühle ergriffen – eine Mischung aus Bewunderung, Zuneigung und einem noch unbekannten Verlangen, das ihn völlig verwirrte.

Am nächsten Tag ging Phil in die Bibliothek, um mehr über Ostafrika zu erfahren. Er wollte alles über die Welt von Emma lernen – über die Tiere, die Pflanzen und die Menschen, die dort lebten. Je mehr er entdeckte, desto stärker wurde der Wunsch in ihm, Emma irgendwann einmal zu treffen. Doch je mehr er darüber nachdachte, desto mehr wurde ihm klar, wie unerreichbar dieser Traum für ihn war. Ohne Geld und ohne die Möglichkeit, jemals nach Afrika zu reisen, schien der Gedanke, Emma wirklich zu begegnen, wie ein unerreichbarer Stern.

In dieser verwirrenden Zeit begann Phil, heimlich seine Schwester zu beobachten. Manchmal stellte er sich vor, sie sei Emma – dass Janin diejenige war, die ihn in den Bann zog, obwohl er wusste, dass es nur eine Fantasie war. Doch Janin bemerkte die seltsamen Blicke, die Phil ihr zuwarf, und stellte ihn eines Abends zur Rede. Diese Konfrontation führte zu Spannungen zwischen den Geschwistern, und auch die Beziehung zu ihrer Mutter litt darunter. Phil fühlte sich von Janin verraten, als hätte sie etwas von ihm weggenommen. Gleichzeitig hatte er das Gefühl, dass seine Mutter ihn nicht verstand. Er fühlte sich einsam in seinen Gefühlen und den Gedanken, die er noch nicht richtig einordnen konnte.

Eines Nachts wachte Phil schweißgebadet auf. In seinem Traum war Emma zu ihm gekommen, splitternackt, und hatte sich neben ihn gelegt. Im Moment der Nähe jedoch, als er sie fast berühren konnte, kam der erschreckende Augenblick: Plötzlich erkannte er, dass es nicht Emma war, sondern seine Schwester Janin. Ein eisiger Schauer überlief ihn, und ihm wurde übel. Stundenlang lag er wach, die Gedanken wirbelten in seinem Kopf. Der Albtraum, die Verwirrung und die Schuldgefühle ließen ihm keine Ruhe. Doch je mehr er darüber nachdachte, desto klarer wurde ihm etwas anderes. Liebe, so begann er zu verstehen, ist mehr als nur ein flüchtiger Traum oder ein Film. Sie wächst, entwickelt sich über die Zeit und basiert auf tiefem Vertrauen und Respekt. In diesem Moment dachte er an die Bibel, die wahre Liebe als etwas beschreibt, das alle Herausforderungen überwinden kann, wenn man sie richtig versteht.

Am nächsten Morgen saßen Janin und ihre Mutter am Frühstückstisch, während Phil sich sein Frühstück selbst zubereitete – Haferflocken mit Milch. Eine eisige Stille lag in der Luft. Die Atmosphäre war geladen, und Phil spürte, dass er sich zurückhalten musste. Es schien besser, nichts zu sagen, als etwas zu äußern, das alles noch komplizierter machen könnte. Doch er konnte die Gedanken nicht loslassen, und als seine Mutter ihn später am Nachmittag ansprach, spürte er, dass der Moment gekommen war. „Phil, das mit Janin geht so nicht", sagte sie ernst.

„Ich weiß", antwortete Phil leise und wusste, dass er die Wahrheit nicht ganz aussprechen konnte. „Es galt ja auch nicht ihr, sondern Emma aus Daktari."

Die Mutter schaute ihn mit großen Augen an. „Wer ist das denn? Die kenne ich gar nicht", fragte sie verwirrt. Phil spürte, wie ihm die Worte fehlen wollten. Er hätte mehr erklären können, aber in diesem Moment war er sich sicher, dass er nicht wirklich wusste, wie er seine Gedanken in Worte fassen sollte.

„Macht nichts", sagte er schließlich, die Stimme fast tonlos. „Ist eh vorbei. Emma ist unrealistisch. Aber schön war es trotzdem."

Karin, seine Mutter, begann schließlich zu verstehen. Sie fragte sich, wie sie diese Entwicklung in ihrem Sohn nur übersehen konnte. Sie erinnerte sich daran, wie sie selbst als junge Frau ähnliche Verwirrungen erlebt hatte und fühlte eine tiefe Empathie für Phil. In einem Moment der Erkenntnis nahm sie ihn in den Arm, drückte ihn fest an sich und küsste ihn auf die Stirn. Phil spürte eine Welle der Erleichterung und Dankbarkeit. Es war, als wäre eine Last von seinen Schultern gefallen. Diese neue Verständigung und das Vertrauen stärkten ihre Beziehung, und als sie zusammen mit Janin beim Einkaufen war, teilte Karin das Gespräch mit ihrer Tochter. Janin, die selbst in ihrer Jugend schwierige Momente durchgemacht hatte, war überrascht, aber auch erleichtert, dass die Last, die sie lange Zeit nicht angesprochen hatten, nun auf diese Weise geklärt war.

Jahre vergingen, und Phil wuchs zu einem verantwortungsbewussten Mann heran. Er heiratete eine liebevolle Frau, und gemeinsam bekamen sie zwei Kinder. In Wismar, der Stadt, in der er immer geblieben war, legte er sich eine solide Existenz auf und erlangte seinen Doktortitel in Tierwissenschaften an der Hochschule in Wismar. Janin, die ebenfalls ihren Weg gefunden hatte, heiratete einen Arzt und zog mit ihrer Familie nach Lübeck, wo sie ebenfalls zwei Kinder bekam.

Trotz der Entfernung traf sich die Familie regelmäßig bei ihrer Mutter in Wismar, um alte Geschichten auszutauschen und über die schönen und schwierigen Zeiten ihrer Kindheit zu schmunzeln. Es war eine Tradition geworden, und immer wenn sie zusammenkamen, lagen viele Erinnerungen in der Luft. Die Comics aus dem Kleiderschrank ihrer Mutter, die einst Phils Entdeckung und seine Kindheit bereichert hatten, gingen schließlich an ihn über. Er nahm sie mit in sein eigenes Zuhause, um sie seinen Kindern und auch den Kindern seiner Schwester weiterzugeben. Manchmal, wenn die Familie sich versammelte, lasen sie gemeinsam darin. Lachen und Erinnern erfüllte den Raum, und sie spürten die Nähe, die trotz der Jahre der Trennung nie verloren gegangen war.

Der Regenbogen: Eine Betrachtung und ein Gedicht

Einleitung

Der Regenbogen ist ein faszinierendes, atmosphärisch-optisches Phänomen, das als farbiges Lichtband in einem von der Sonne beschienenen Regenschauer erscheint. Dieses Farbenspiel entsteht durch die Brechung und Reflexion von Sonnenlicht in Regentropfen. Die sichtbaren Farben, Rot, Orange, Gelb, Grün, Blau, Indigo und Violett, ordnen sich in einem prächtigen Bogen an, der immer in der Gegenrichtung zur Sonne zu sehen ist.

Diese wissenschaftliche Erklärung ist beeindruckend, aber der Regenbogen hat auch eine tiefere, poetische Bedeutung, die Menschen seit Jahrhunderten inspiriert. Besonders faszinierend ist die Verbindung zu den Lemuren, mystischen Wesen, die in Rainer Maria Rilkes Geschichten erscheinen und eine symbolische Rolle spielen.

Der Regenbogen

1. Strophe: Der Morgen

Dunkle Wolken ziehen über den See,
Der Westwind treibt sie unentwegt.
Die Nacht war rau, die Stürme laut,
Doch nun erstrahlt des Morgen rot.
Ein neuer Tag, ein neuer Traum,
Der Hoffnung Glanz im Lichterbaum.
Erste Strahlen der Sonne,
Brechen durch die Wolkenfront.
Regenbogen, farbenfroh,
Zeigt sich stolz im Morgengrauen.
Sein Licht malt Frieden in die Luft,
Ein Zauber, der die Welt durchduftet.
Ein Vöglein singt zur Sonne hin,
Von Freundschaft, die beständig ist.
Ob die Lemuren es wohl hören?
Der Regenbogen spricht um sie zu betören.

2. Strophe: Der Tag

Schnell steigt die Sonne höher empor,
Die Wolken ziehen unter ihr fort.
Der Tag entfaltet sein goldenes Kleid,
Weißt uns den Weg, die Freude ist stets bereit.
Immer wieder zeigt sich der Bogen,
Kleiner zwar, doch weiter gezogen.
Ein Versprechen in seinen Farben,
Das in unseren Herzen erwacht und labt.
An seinen Enden helles Licht,
Die Lemuren tanzen im Morgenlicht.
Mit Schritten leicht, in frohem Spiel,
Ihr Lachen klingt wie ein sanftes Ziel.
Mit goldenen Töpfen voller Glanz,
Führen sie die Menschen zu ihrem Tanz.
Dankbarkeit und Opfergaben,
Am Anfang und am Ende.
So zeigt der Bogen die Wende.

3. Strophe: Der Abend

Die Sonne neigt sich aus ihrem Zenit,
Dem Abend entgegen, friedlich und mild.
Ein sanfter Hauch von Melancholie,
Umhüllt den Tag in Harmonie.
Dunkle Wolken erscheinen erneut,
Doch der Regenbogen bleibt uns treu.
Er steht wie ein Banner, stark und schön,
Ein Zeichen, dass wir nicht allein geh'n.
Menschen sehen auf zu Gott,
Erfüllt von seiner Liebe, die er uns bot.
In Stille suchen sie den Sinn,
Der im Licht des Regenbogens beginnt.
So fangen sie an zu beten,
Sie wappnen sich für die Nacht zu beten.
Im Licht erscheint der Sturm vertrieben,
Im Dunkeln nur gewinnt er das Siegen.

4. Strophe: Die Nacht

Mitternacht bringt Geister herbei,
Die ihren Tribut fordern, voll Gier.
In schattigen Winkeln, wo niemand wacht,
Weben sie Träume in die stille Nacht.
Doch Gott sieht zu und lächelt leise,
keinem kann der Geist entfliehen in irgendeiner Weise.
Sein Licht durchdringt die Dunkelheit,
Schafft Frieden und Geborgenheit.
Nicht Schrecken, sondern Heil bringt er herbei,
Die kleinen Geister finden Ruh.
In der Stille, die das Herz versteht im Nu,
Wo Liebe und Vergebung weht.
Und am Ende des Regenbogen steht,
ein Goldtopf ganz verborgen,
wer hat ihn je gesehn?

Zum Abschluß

Der Regenbogen ist mehr als nur ein physikalisches Phänomen; er ist ein
Symbol der Hoffnung und der Verbindung zwischen Himmel und Erde.
Seine Farben und seine Schönheit inspirieren Geschichten, Mythen und
Gedichte. Diese Betrachtung zeigt, wie Wissenschaft und Poesie
zusammenkommen, um die Wunder der Natur in ihrer ganzen Tiefe zu
erfassen und uns daran zu erinnern, dass nach jedem Sturm immer
wieder Licht erscheint.

Verbindung zu Rilkes Mystik

Die Lemuren, wie sie in Rilkes Erzählungen aus Prag erscheinen, verleihen
dieser Geschichte eine zusätzliche Dimension. Sie sind mystische Wesen,
die zwischen den Welten wandeln, ebenso wie der Regenbogen eine
Brücke zwischen Himmel und Erde schlägt. Diese Wesen symbolisieren die
Verbindung zwischen dem Sichtbaren und dem Unsichtbaren, dem Realen
und dem Mystischen. So wie der Regenbogen nach einem Sturm am Horizont erstrahlt, so tauchen auch die Lemuren auf, um den Menschen die
tiefere, verborgene Realität des Lebens zu offenbaren.

Der Rabe Günter

Es war bereits dunkel geworden, die letzten Strahlen der Sonne tauchten den Horizont in ein sanftes Orange, bevor sie endgültig hinter dem Festland versanken. Der Fehmarnbelt glitzerte im warmen Licht des Abends, als würde das Wasser flüchtige Geheimnisse preisgeben. Günter, eine stattliche Rabenkrähe, saß auf einem der alten Grabkreuze und putzte sorgsam sein tiefschwarzes Gefieder, das im schwindenden Tageslicht leicht schimmerte.

Rabenkrähen gibt es auf Fehmarn noch reichlich, besonders im Wasservogelreservat Wallnau, wo die weiten Schilffelder und ruhigen Gewässer ihnen Schutz bieten. Dort hatte Hartmut den jungen Günter entdeckt. Irgendwie war der kleine Vogel aus seinem Nest gefallen – ein Unglück, das zu seinem Glück wurde, denn zufällig waren gerade Vogelkundler in der Nähe. Sie nahmen den hilflosen Jungvogel mit, pflegten ihn und fütterten ihn, bis er kräftig genug war, seine Flügel auszubreiten.

An einem dieser Tage kam Hartmut in die Station. Als er Günter erblickte, war es Liebe auf den ersten Blick. Der kleine Rabe mit seinem wachen Blick und dem kecken Schnabel hatte sofort sein Herz erobert. Hartmut durfte ihn in einem Käfig mit nach Hause nehmen, zusammen mit einer kleinen Ration Futter für den Weg. So begann die außergewöhnliche Freundschaft zwischen dem Totengräber und seinem gefiederten Begleiter.

Hartmut lebte in Burg auf Fehmarn, dem zentralen Stadtteil der Insel. Einst ein eigenständiges Städtchen war Burg mittlerweile eingemeindet, doch für Hartmut war es immer das Burg geblieben, das er seit seiner Kindheit kannte. In den engen Gassen, zwischen den alten Backsteinhäusern, war er aufgewachsen, zur Schule gegangen und hatte den Beruf des Gärtners erlernt, bevor ihn das Schicksal auf einen anderen Pfad führte – den des Totengräbers.

Sein Zuhause war bescheiden: eine kleine Wohnung im Gemeindehaus, direkt neben der altehrwürdigen St.-Nikolai-Kirche. Rund um die Kirche breiteten sich die stillen Gräberfelder aus, wie ein Meer von Erinnerungen an vergangene Leben. Hier fand Hartmut seine Berufung. Er war der Allrounder des Friedhofs – Gräber ausheben, Pflanzen setzen, den Angehörigen bei schweren Momenten zur Seite stehen und, wenn es nötig war, auch Trost spenden. Seine Hände waren stark vom Umgang mit der Erde, aber in seinen Augen lag stets ein sanftes Verständnis für die Trauer der

Menschen, die ihm begegneten. Hartmut war sehr beliebt bei den Menschen in Fehmarn.

Sein Einkommen bestand einzig aus den Beerdigungsgebühren, von denen auch sein Lohn als Totengräber abging. Trinkgeld gab es in seinem Beruf selten, doch das störte Hartmut nicht. Er lebte genügsam in seiner kleinen Wohnung, für die er keine Miete zahlte. Für ihn zählten die Ruhe, die ihn umgab, und die Gesellschaft seines treuen Begleiters, Günter, der oft wie ein Schatten durch die Gräber flog oder auf den Kreuzen saß, während Hartmut seiner Arbeit nachging.

Günter, so hatte Hartmut seinen gefiederten Freund getauft, lebte schon seit acht Jahren bei ihm. Obwohl er einen geräumigen Käfig in Hartmuts Wohnung hatte, hielt sich der kluge Vogel meistens frei außerhalb auf. Er war mehr als nur ein Haustier – Günter war ein vertrauter Begleiter, der sich oft auf den alten Grabkreuzen niederließ und das Geschehen beobachtete, als wäre der Friedhof sein Reich. Zwischen Hartmut und Günter hatte sich über die Jahre eine tiefe, wortlose Verbundenheit entwickelt. Der Rabe konnte kommen und gehen, wie es ihm gefiel, und Hartmut ließ ihm diese Freiheit.

An diesem Abend saß Günter wieder einmal auf einem der Grabkreuze, sein glänzendes Gefieder hob sich scharf gegen das verblassende Abendlicht ab. Plötzlich hörte er Geräusche. Drei Männer schlichen leise zwischen den Gräbern umher. Ihre Schritte vorsichtig, als wollten sie keine Aufmerksamkeit erregen. Günter duckte sich instinktiv, sein schwarzer Körper verschmolz mit den Schatten der Nacht. Die Männer schienen ihn nicht bemerkt zu haben. Sie gingen ein paar Schritte weiter und blieben schließlich vor einem frischen Grab stehen.

Eine Taschenlampe wurde eingeschaltet, ihr Lichtstrahl traf auf ein schlichtes Holzkreuz, das über einem neu ausgehobenen Grab stand. Der Sarg war noch sichtbar, das Grab sollte erst am nächsten Tag zugeschüttet werden. „Hier sind wir richtig", flüsterte einer der Männer, während ein anderer bereits begann, in das Grab hinabzusteigen. Ohne viel Zögern öffnete er den Sargdeckel, und tatsächlich – da lag es, das Gold, das der Tote mit ins Grab genommen hatte, verstreut auf seinem Körper.

„Das braucht er jetzt nicht mehr", knurrte der Mann am Sarg und reichte die glänzenden Schmuckstücke und Münzen in einer Plastiktüte nach oben. Die beiden Männer oben grinsten und nahmen die Beute entgegen, während sie gedämpft lachten. Die Nacht schien ihnen Schutz zu bieten, doch Günters Augen verfolgten jede ihrer Bewegungen aus dem Dunkeln heraus.

Plötzlich durchbrach ein lautes Geräusch die Stille der Nacht. Hartmut kam um die Ecke der Kirche gerannt, als hätte er die unheilvollen Bewegungen gespürt. Ohne zu zögern stürzte er sich auf die Männer. Günter, alarmiert durch die drohende Gefahr, schrie schrill auf, doch es war zu spät. Im Durcheinander stolperte Hartmut und fiel direkt in das offene Grab. Einer der Männer nutzte die Gelegenheit und sprang hinterher. Mit brutaler Gewalt schlug er mit einer Schaufel auf Hartmut ein – wieder und wieder, bis absolute Stille einkehrte.

Alles geschah so schnell, dass es wie ein böser Traum wirkte. Die Diebe handelten ohne ein weiteres Wort. Sie gruben das Grab noch ein wenig tiefer und zogen Hartmuts Körper unter den Sarg, um ihre Spuren zu verwischen. Dann packten sie ihre Beute zusammen und verschwanden in der Dunkelheit. Der Anführer der Bande jedoch konnte nicht widerstehen und machte noch einen Abstecher zur Sakristei. Dort stahl er die silbernen Schalen und Becher, bevor er sich endgültig davonmachte.

Günter blieb allein zurück. Regungslos saß er auf dem Grabkreuz und beobachtete die Flucht der Männer. Einer von ihnen hatte im Tumult seine Kapuze verloren, und Günter prägte sich das Gesicht des Mannes ein – er kannte ihn zwar nicht, aber das Bild würde ihm bleiben. Der Rabe flog nach Hause, doch Hartmut war nicht da. Verunsichert und aufgewühlt entschloss sich Günter, den Männern zu folgen. Er kehrte zum Friedhof zurück und nahm ihre Fährte wieder auf, lautlos gleitend, während sie sich zu Fuß nach Petersdorf begaben, nicht weit vom NABU-Vogelschutzgebiet Wallnau entfernt.

Die Diebe erreichten ein kleines, abgelegenes Wohnhaus am Grünen Weg und gingen hinein. Günter landete in der Nähe und beobachtete sie. Durch das offene Fenster im Obergeschoss konnte er sehen, wie sie die Beute auf einem Tisch ausbreiteten und zufrieden bestaunten. Doch Günter blieb nicht lange. Er wusste, dass er Hilfe brauchte.

Er flog direkt nach Wallnau, zum Reich des Rabenclans. Dort, im Schutz der Dämmerung, rief er den mächtigen Graurücken, den Anführer der Raben. „Kraa, Kraa", rief er wieder und wieder. Schließlich erhielt er eine Antwort, kurz und knapp: „Kra, Kra", was so viel bedeutete wie: „Was willst du?" Günter erzählte ihm alles. Graurücken hörte geduldig zu, während er sich in Ruhe die Federn richtete. Als Günter geendet hatte, nickte der alte Rabe bedächtig und sagte: „Warte hier. Wir haben ohnehin etwas in Petersdorf zu erledigen. Flieg voraus, wenn du uns hörst, und zeige uns den Weg."

Als die ersten Rufe des Rabenschwarms erklangen, erhob sich Günter vom Baum und führte sie nach Petersdorf. Sie landeten auf dem Fensterbrett des Wohnzimmers, wo die Diebe sich noch immer ihrer Beute erfreuten. Günter klopfte laut mit dem Schnabel ans geöffnete Fenster. Ein Mann kam heran, doch bevor er reagieren konnte, brach ein ohrenbetäubendes Geschrei los. Der gesamte Schwarm setzte zum Angriff an, flatterte wild und kreischte unaufhörlich. Der Mann, völlig überrumpelt, rannte in Panik die Treppe hinunter, gefolgt von den aufgebrachten Raben. Auch die anderen beiden Männer gerieten in Panik und stürmten auf die Straße.

Dort erwartete sie bereits die Polizei. Die Beamten nahmen die Männer ohne viel Aufhebens fest und betraten das Haus, um das gestohlene Diebesgut sicherzustellen. Günter folgte ihnen lautlos zur Polizeiwache.

Dort wartete eine Überraschung: Hartmut saß auf einem der Stühle, leicht verletzt, aber lebendig. Günter konnte es kaum glauben, aber es war wirklich sein Hartmut! Der Rabe setzte sich sofort auf Hartmuts Schulter, und der Totengräber streichelte zärtlich seinen Kopf. „Danke", flüsterte Hartmut, sichtlich gerührt von Günters mutiger Hilfe.

Die Diebe wurden verhaftet, und Hartmut unterschrieb noch das Protokoll, bevor er nach Hause zurückkehren konnte – zurück zu seinem bescheidenen Leben, hinter dem Friedhof, in die kleine Wohnung an der Kirche. Und Günter? Er folgte ihm, wie immer treu an seiner Seite.

Jesu Leben als Wanderprediger: Einer trage des anderen Last

Jesus war nun dreißig Jahre alt und bereit, öffentlich das Wort Gottes zu verkünden. Bei den Juden galt das Alter von dreißig als Mindestalter für Männer, die in der Öffentlichkeit predigen wollten. Zusätzlich war die Erlaubnis der Pharisäer erforderlich sowie der Nachweis eines Auslandsaufenthalts. Jesus hatte einige Jahre in Indien verbracht und von den Eltern eines Freundes eine schriftliche Bestätigung erhalten, die ihm offiziell anerkannt wurde. Diese Voraussetzungen wurden erfüllt, und er erhielt sogar eine kleine Vergütung als erlaubter Wanderprediger. Zudem hatte er die Synagogenschulen besucht und ein Abschlusszeugnis erhalten, was die formalen Anforderungen als Lehrer und Prediger vollendete.

Doch um das Evangelium vom Reich Gottes verkünden zu können, brauchte Jesus noch eine spirituelle Bestätigung. Diese erfuhr er durch die Wassertaufe am Jordan, die ihm Johannes der Täufer ermöglichte, und durch die Geistestaufe durch Gott selbst. Während der Taufe öffnete sich der Himmel, und der Heilige Geist kam in Form einer Taube herab. Eine Stimme sprach: „Dies ist mein lieber Sohn, den sollt ihr hören." Diese heilige Bestätigung war der endgültige Auftrag für Jesus, das Wort Gottes zu verkünden und das Reich Gottes den Menschen nahezubringen.

Diese sorgfältige Vorbereitung zeigt, wie verantwortungsvoll Jesus sich auf seine Mission vorbereitete, indem er sowohl den weltlichen Regeln als auch dem göttlichen Willen folgte.

Nach der Taufe führte der Geist Gottes Jesus in die Wüste, wo er 40 Tage und Nächte fastete und sich im Gebet auf seine Mission vorbereitete. Am Ende dieser Fastenzeit stellte Luzifer, der Versucher, Jesus vor drei Herausforderungen: Er forderte ihn auf, Steine in Brot zu verwandeln, um den Hunger zu stillen, sich von der höchsten Tempelzinne zu stürzen, um göttlichen Schutz zu beweisen, und schließlich die Herrschaft über alle Reiche der Welt anzunehmen – gegen die Hingabe an den Versucher.

Diese Versuchungen hatten eine tiefere Bedeutung: So wie Adam und Eva im Garten Eden versucht wurden, musste auch Jesus sich der Prüfung stellen, um seinen Auftrag zu erfüllen. Sie symbolisieren die grundlegenden menschlichen Bedürfnisse und Verlockungen, die Jesus überwand. Durch das Fasten zeigte er, dass er die materielle Welt dem Geistlichen unterordnete. Die Verweigerung des Sprungs vom Tempel stand für die Ablehnung, sich übermäßig auf äußere Zeichen zu stützen, statt auf Gott zu vertrauen.

Die letzte Versuchung, die Herrschaft über alle Reiche, symbolisierte die Verlockung durch Macht und weltliche Größe.

Indem Jesus allen Versuchungen widerstand, offenbarte er seine Treue zu Gott und damit seine innere Stärke. Er zeigte, dass wahre Größe und Erfüllung in der Hingabe an Gottes Willen liegen, nicht in materiellen Gütern, Macht oder Sicherheit. Durch seine Standhaftigkeit in der Wüste bestätigte Jesus sein Vertrauen und seine unerschütterliche Loyalität gegenüber Gott. Schließlich brachte der Geist Gottes ihn nach Nazareth zurück – gestärkt und bereit, die Botschaft des Reiches Gottes in die Welt zu tragen.

Der Beginn der Predigten und die ersten Wunder

Nach seiner Rückkehr nach Nazareth besuchte Jesus zunächst seine Familie, bevor er sich auf den Weg nach Kapernaum machte, wo er bei Simon Petrus, einem Fischer, wohnte. Die Schwiegermutter von Petrus war an Malaria erkrankt. Sie hatte hohes Fieber. Jesus befreite sie davon und heilte sie. Es war wie ein Wunder, das Petrus und seine Gefährten erlebten. Sie gingen dann auf Fischfang. Sie hatten eine erfolglose Nacht auf dem See Genezareth verbracht und waren ohne Fang zurückgekehrt. Jesus forderte sie auf, die Netze noch einmal auszuwerfen. Trotz ihres Zweifels folgten sie seiner Aufforderung, und der Fang war so überwältigend, dass das Boot fast sank. Dies war das erste von vielen Wundern, die Jesus vollbrachte. Das Wunder des reichen Fischfangs zeigte Petrus und den anderen Jüngern, dass Jesus mehr als ein gewöhnlicher Mensch war und dass seine Nähe die Welt auf unerklärliche Weise veränderte.

Heilungen und Predigten in Galiläa

Von Kapernaum aus wanderte Jesus durch die Städte und Dörfer Galiläas, verkündete das Evangelium und heilte die Kranken. Die Menschen waren beeindruckt von seiner Fähigkeit, selbst schwere Krankheiten wie Aussatz, Tuberkulose, Malaria und Lepra zu heilen. Diese Wunder verdeutlichten, dass die Verkündigung des Reiches Gottes nicht nur Worte, sondern auch Taten der Liebe und des Trostes Gottes waren.

Der Engel Raphael soll Jesus bei diesen Heilungen unterstützt und die heilenden Kräfte entfaltet haben, die von Jesus ausgingen. Diese Wunder ermutigten die Menschen, zu ihm zu kommen, und zeigten, dass Jesus nicht nur ein Lehrer, sondern auch ein Heiler war, der sich um die Leiden der Menschen sorgte.

Das Wunder der Sturmstillung

Ein besonders eindrucksvolles Ereignis war die Sturmstillung auf dem See Genezareth. Während eines heftigen Sturms gerieten die Fischer in große Angst, als die Wellen das Boot zu überfluten drohten. Jesus jedoch ging über das Wasser zu ihnen und stillte den Sturm allein durch sein Wort. Durch dieses Wunder wuchs das Vertrauen seiner Jünger in ihn erheblich. Sie sahen in ihm nicht nur einen Lehrer, sondern den, der selbst den Elementen gebietet. Die Sturmstillung zeigte ihnen, dass Jesus' Macht über das Menschliche hinausging und dass seine Präsenz Schutz und Frieden brachte.

Verkündigung und Ablehnung

In Nazareth, während eines Sabbats, las Jesus in der Synagoge aus dem Buch des Propheten Jesaja vor und verkündete, dass die Schrift an diesem Tag erfüllt sei. Die Reaktion der Anwesenden war jedoch feindselig. Sie wollten ihn töten, doch Jesus entkam. Seine Lehren stießen bei den oberen religiösen Führern, insbesondere den Pharisäern und Schriftgelehrten, auf Ablehnung. Sie sahen in ihm eine Bedrohung und versuchten, ihn durch Diskussionen, Anschuldigungen der Blasphemie und letztlich durch seinen Tod am Kreuz zum Schweigen zu bringen.

Fortsetzung seiner Mission

Jesus setzte seine Mission fort, predigte, heilte und vollbrachte Wunder. Seine Lehren verbreiteten sich und inspirierten Millionen von Menschen weltweit. Die Ablehnung und Verfolgung durch die religiösen Führer konnte die Verbreitung seiner Botschaft nicht aufhalten.

Einer trage des anderen Last

Die Geschichte von Jesus als Wanderprediger betont, dass wahre Freundschaft und Hingabe nicht von äußerem Erscheinungsbild oder Fähigkeiten abhängen, sondern vom Herzen. Jesu Leben und Lehren zeigen, dass der Weg zu Gott durch Liebe, Glaube und die Bereitschaft, einander zu helfen, gefunden werden kann.

In all seinen Taten und Lehren lebte Jesus das Prinzip „Einer trage des anderen Last" vor. Er heilte die Kranken, tröstete die Trauernden und führte die Verlorenen zurück in die Gemeinschaft. Seine Jünger lernten von ihm, dass es nicht um persönlichen Ruhm oder Anerkennung geht, sondern darum, die Lasten der anderen zu tragen und in der Liebe Gottes vereint zu sein.

Dies ist eine Freundschaft und Hingabe, die man sonst kaum findet. Es geht nicht um das Aussehen oder das Können, sondern um das Herz. Jesus zeigte, dass durch Mitgefühl, Unterstützung und Liebe die Welt verändert werden kann. Und genau diese Botschaft der Liebe und des Dienens lebt bis heute in den Herzen derer weiter, die seinem Beispiel folgen.

Indianerland

Luka lebte bei seinen Großeltern auf einem Bauhof, wo er Anfang der 60er Jahre ankam. Seine Großmutter hatte ihn aus Belgien, genauer aus Antwerpen, mitgebracht – mit dem Einverständnis der gesamten Familie. Zu Beginn wohnte Luka bei seinem Onkel und seiner Tante in einer kleinen Zweizimmerwohnung im selben Haus. Nebenan lebten seine Großeltern mit einem weiteren Onkel in einer etwas größeren Zweizimmerwohnung. Eine dritte Wohnung im Haus war zum Büro für den Baustoffhandel umgebaut worden, für den sowohl sein Großvater als auch sein Onkel arbeiteten. Die Großmutter ging tagsüber in eine Fabrik, während die Tante, die krank war und zu Hause blieb, sich um Luka kümmerte.

Für Luka war vieles neu, insbesondere die Sprache, die er zu Beginn noch nicht verstand. Obwohl er bereits das schulpflichtige Alter erreicht hatte, musste er zunächst ein Jahr aussetzen, um die Sprache zu lernen und sich in seiner neuen Umgebung zurechtzufinden. Während dieser Zeit begann er, sich einzugewöhnen und die Eigenheiten des Bauhofs sowie der Menschen um ihn herum zu entdecken.

Lukas Onkel war als Fahrer für den Baustoffhandel tätig und fuhr einen Lastwagen, den er liebevoll „Henschel" nannte. Mit dem Henschel transportierte er Baumaterialien zu verschiedenen Baustellen im Landkreis, und manchmal durfte Luka ihn begleiten. Diese Fahrten waren für Luka kleine Abenteuer, bei denen er nicht nur die Umgebung erkundete, sondern auch ein Gefühl dafür bekam, wie weit die Welt über den Bauhof hinausreichte. Eines Tages jedoch wollte er beim Abladen der schweren Mauersteine helfen und schürfte sich dabei die Hand auf. Nach diesem Vorfall durfte er leider nicht mehr mitfahren. Es war schade, denn er liebte die Ausflüge mit dem Onkel und dem Henschel-Laster.

Stattdessen bot die Chefin ihm an, gelegentlich in ihrem Wagen mitzufahren – einem 180er Diesel. Während der Fahrten musste Luka jedoch immer brav sitzen bleiben, damit ihm bloß nichts passieren konnte.

Auf dem Bauhof selbst entdeckte Luka in einer Ecke einen Lagerplatz für altes Metall, das im Baustoffhandel keinen Wert mehr hatte. Doch er wusste: Altes Metall – besonders Kupfer – war trotzdem wertvoll. Er schnappte sich einen Sack und sammelte einige Metallstücke zusammen, die er zu einem Alteisenhändler brachte. Der Mann stellte keine Fragen und gab Luka ein paar Münzen dafür. Das brachte Luka zum Strahlen, denn von dem verdienten Geld konnte er sich am Bahnhofskiosk endlich die heiß ersehnten Süßigkeiten kaufen.

An schönen Tagen, wenn die Sonne den ganzen Tag warm über dem Land schien, zog es Luka unweigerlich nach draußen. Frei nach dem Sprichwort „Blonde und braune Buben passen nicht in die Stuben. Buben müssen was wagen", tobte er über die weiten Felder. Besonders im Sommer, wenn das Gras hoch stand, fand Luka die perfekte Kulisse für seine Fantasien: Hier konnte er sich wie ein Indianer im dichten Grün verstecken. Sein Onkel hatte ihm einmal erzählt, dass die Indianer das auch so machten, wenn sie lautlos und geduckt auf der Jagd nach Büffeln waren – eine Vorstellung, die Luka begeisterte.

Gleich vorne an der Straße verlief die Bahnlinie, ein Ort, der Luka fast magisch anzog. Oft saß er an der Böschung und schaute den vorbeidampfenden Lokomotiven und den modernen E-Loks hinterher. Ein Stück weiter vorne gab es einen Übergang über die Gleise, den Fußgänger benutzen konnten. Ein Klingelknopf am Wärterhäuschen meldete an, dass jemand die Gleise überqueren wollte, woraufhin der Bahnärter oder seine Frau herauskamen, um den Überweg zu sichern.

In der Nähe wohnte auch Beppi, ein paar Jahre älter als Luka und bereits in der Schule. Luka besuchte ihn häufig, und die beiden spielten auf der Wiese hinter Beppis Haus Fußball. Manchmal jagten sie die Hühner, die auf dem Hof herumliefen, und machten erst Pause, wenn sie zum Bahndamm gingen und sich am Rand des Grabens niederließen. Eigentlich war es verboten, sich dort aufzuhalten, aber gerade das machte den Ort für die beiden Jungen noch aufregender. „Was soll schon passieren?" dachten sie sich und schauten sich gegenseitig grinsend an.

Eines Tages entdeckte Luka etwas im Graben. Da weit und breit kein Zug in Sicht war, kletterte er hinunter, um es genauer zu betrachten. Es war ein olivgrüner Helm – ein Soldatenhelm, in dem sich Regenwasser gesammelt hatte, das jetzt herausschoss, als Luka ihn aufhob. Mit leuchtenden Augen setzte er sich den Helm auf, und zusammen gingen sie zu Beppis Eltern, um ihre Entdeckung zu präsentieren. Die Eltern lachten und meinten, der Helm stamme wohl noch aus dem letzten Krieg. Sie beschlossen, ihn zur Polizei zu bringen, die ihn dann sicher entsorgen würde.

Als es Abend wurde, machte sich Luka schließlich auf den Heimweg. Der Bahnärter ließ ihn über die Gleise passieren, und zu Hause wartete bereits das Abendbrot auf ihn. Nach einem kurzen Abstecher ins Badezimmer, wo er sich hastig wusch, setzte sich Luka hungrig an den Tisch. Es war ein aufregender und anstrengender Tag gewesen, und kaum hatte er gegessen, zog es ihn auch schon ins Bett.

Am nächsten Morgen blieb Luka auf dem Bauhof. Neugierig streifte er zwischen den Gerätschaften umher, die überall herumstanden. Es gab Bauholz in jeder Menge – lange Balken und Stützböcke, die fast so hoch wie Luka selbst waren und sich wunderbar als Spielpferde eigneten. Auf der anderen Seite des Hofs entdeckte er Drähte, die für die Armierungen von Hausböden gedacht waren. Hinter dem Zaun zog sich ein kleines Sumpfgebiet mit dichten Weiden entlang – für Luka ein kleiner „Wald". Aus den biegsamen Zweigen bastelte er sich Pfeile und einen Bogen und stellte sich vor, damit als Indianer auf die Jagd zu gehen.

Nahe der Straße, am Rand des Bahndamms, stand eine überdachte Arbeitsstellage, an der Luka seine Schaukel befestigt hatte. Ganz in der Nähe, bei einem Haufen Alteisen, traf er an diesem Samstagnachmittag seinen Freund Beppi, der zu Besuch kam. Für heute hatten sich die beiden ein großes Abenteuer vorgenommen: Sie wollten Indianer und Cowboy spielen. Für Luka war klar, dass die Indianer dabei wie immer die Gejagten waren.

Sie bereiteten ihre „Pferde" – die Stützböcke – vor, indem sie eine Decke über die Balken legten, und schon begann die Verfolgungsjagd. Beppi ritt auf dem kleineren „Pferd", Luka auf dem größeren. In wilder Hatz rannten sie durch die imaginäre Prärie, versteckten sich hinter Holzstapeln und hielten die Pfeile ihres Bogens im Anschlag. Am Himmel tauchten dicke Quellwolken auf, die für sie wie Soldaten aussahen, und mit gezielten Schüssen „trafen" sie jeden einzelnen, bis die Wolken schließlich verschwanden.

Nach ihrem „Kampf" machten sie sich auf den Heimweg, schossen unterwegs ein paar „Hasen" und sammelten Beeren, als wären sie Jäger in der Steppe. Schließlich war es Zeit für Beppi, nach Hause zu gehen, und Luka begleitete ihn ein Stück – zwei junge Abenteurer, die für heute ihre Welt erobert hatten.

Beppi und Luka erlebten viele glückliche Tage zusammen, ein Tag reihte sich an den nächsten, und so vergingen auch die Jahre. Mit der Zeit wurde Luka erwachsen, doch seine Faszination für die Indianer und ihre Geschichten blieb bestehen. Er las viel über die indigenen Völker Amerikas, Afrikas und Australiens und erfuhr dabei immer mehr über deren uralte Kulturen und Lebensweisen. Besonders in Kanada, das er häufiger geschäftlich besuchte, nutzte er die Gelegenheit, um Stämme wie die Chippewa und die Ottawa kennenzulernen.

Vor der Ankunft der Europäer im 17. und 18. Jahrhundert war die Gegend um Michigan die Heimat verschiedener indigener Völker. Die drei größten Stämme dieser Region sind die Ojibwe (auch Chippewa genannt), die Odawa (Ottawa) und die Potawatomi (Bode'wadmi). Diese Völker, die Anishinaabe genannt werden, sind durch eine gemeinsame Sprache, Bräuche und Überzeugungen verbunden. Vor Jahrhunderten hatten sie ein Bündnis geschlossen, das „Drei Feuer" genannt wurde und ihre Gemeinschaften in gegenseitiger Hilfe und Freundschaft stärkte.

Die Anishinaabe lebten häufig in Dörfern mit kuppelförmigen Häusern, den sogenannten Wigwams. In diesen Dörfern arbeiteten alle zusammen: Während der wärmeren Monate jagten und fischten sie, bauten Kanus aus Birkenrinde und flochten Fischernetze. Auch die Pflege von Feldern und das Ernten von Getreide gehörten zu ihren Aufgaben. In den kalten Monaten hingegen zogen die Menschen umher und sammelten dabei die nötigen Ressourcen für den Winter. Sie jagten Tiere, fingen Fische und ernteten Ahornsirup, um sich auf die Pflanzsaison im Frühjahr vorzubereiten.

Mit wachsendem Wissen über die Traditionen der Anishinaabe fühlte sich Luka tief verbunden mit der Welt dieser Völker, deren Lebensweise sich so sehr am Rhythmus der Natur orientierte. Die Geschichten der „Drei Feuer" und das Leben in Harmonie mit der Natur waren ihm Inspiration und Erinnerung an die Abenteuer seiner Kindheit, die er mit Beppi auf dem Bauhof erlebt hatte.

Am Ende der Geschichte spürt Luka, dass die Welt und die Menschheit sich trotz vieler Kämpfe nur langsam verändern. Die Anishinaabe und ihre Traditionen der „Drei Feuer" haben über Jahrhunderte hinweg ihre Bedeutung bewahrt. Die Menschen dieser Stämme leben auch heute noch in Einklang mit ihrer Kultur, ihren Bräuchen und ihrer Sprache – ein starkes Vermächtnis, das Luka inspiriert.

Im Laufe seines Lebens ist Luka zu einem welterfahrenen Mann geworden. In Bonn arbeitete er als Politologe bei der Bundesregierung und nutzte seine Kenntnisse über verschiedene Kulturen, um Völkerverständigung zu fördern. Er setzte sich besonders gegen Rassismus und Diskriminierung ein und begegnete Persönlichkeiten wie Nelson Mandela. Mandela, der als Symbol des Widerstands gegen Apartheid weltweit bekannt wurde, teilte mit Luka die Hoffnung auf eine gerechtere Welt. Nach Mandelas Inhaftierung und dem langen Kampf gegen das Unrecht wurde er schließlich 1990 freigelassen und erhielt gemeinsam mit Frederik de Klerk den Friedensnobelpreis. Luka war tief bewegt, als er 2013 an Mandelas Beerdigung teilnahm. Es war der Abschied von einem Mann, dessen Leben viele Menschen inspirierte – auch Luka.

Mit Wehmut denkt Luka an die Vergangenheit und an seine Abenteuer im „Indianerland" zurück, an die Unschuld und den Optimismus seiner Kindheit. Heute weiß er, dass sich die Welt nicht immer zum Besseren wendet. Doch in ihm lebt die Hoffnung weiter, dass eine neue Generation für Frieden und Gerechtigkeit eintreten wird. Vielleicht, denkt Luka, wird aus dem Traum der jungen Menschen eines Tages Wirklichkeit, und die Werte der Anishinaabe und all jener, die für das Gute kämpfen, werden auf der ganzen Welt gelebt.

Niemand braucht Krieg

Henoch hatte viele Jahre an der Universität von Jerusalem gelehrt, einer der renommiertesten Institutionen des Landes. Die Hebräische Universität war ein Zentrum des Wissens und der Forschung, das mit seinen sieben Fakultäten, darunter Geistes-, Sozial-, Naturwissenschaften und Medizin, sowie zahlreichen Fachbereichen und über 90 Forschungsinstituten eine wichtige Rolle in der akademischen Welt spielte. Mit über 95.000 Absolventen und etwa 20.000 aktuellen Studierenden, zuzüglich 10.000 in Zusatzprogrammen, war die Universität eine lebendige Institution, die an verschiedenen Standorten in der Stadt vertreten war und eine breite Palette an wissenschaftlichen Disziplinen bot.

Henoch war besonders für seine Fähigkeit bekannt, die komplexen historischen Zusammenhänge von Israel und Juda verständlich zu vermitteln. Diese Gabe machte ihn zu einem gefragten Dozenten. Zwischen 1992 und 1997 hatte er das Präsidentenamt der Fakultät für Geschichte inne, bevor er sich wieder vermehrt dem Unterrichten widmete.

Neben seiner akademischen Arbeit engagierte sich Henoch auch im „Magnifikat Institut", einem Musik-Konservatorium in Jerusalem. Diese Musikschule war ein Ort der Harmonie im oft konfliktbeladenen Alltag der Stadt. Hier musizierten Juden, Christen und Muslime gemeinsam, und Henoch erlebte eine besondere Form der Gemeinschaft. Für viele Palästinenser bot das Institut eine seltene Chance, eine musikalische Ausbildung zu erhalten und ein berufliches Fundament zu schaffen. Die Herausforderung, die Henoch dabei stellte, war nicht nur das Unterrichten, sondern auch das Dirigieren eines Orchesters, dessen Mitglieder aus unterschiedlichen kulturellen und religiösen Hintergründen stammten.

Die verschiedenen musikalischen und kulturellen Einflüsse brachten Henoch oft an seine Grenzen. Jeder Musiker brachte seine eigene Geschichte und Weltanschauung mit, und es war eine große Aufgabe, das Orchester zu einer Einheit zu führen. Manchmal führte diese Anstrengung zu Momenten der Frustration, doch Henoch wusste, dass sich die Mühe lohnte. In den Momenten, in denen das Orchester wirklich zusammenklang, entstanden Klänge von unvergänglicher Schönheit. Wenn die unterschiedlichen Instrumente zu einer harmonischen Einheit verschmolzen, überbrückte die Musik die Grenzen der kulturellen Unterschiede und berührte die Herzen der Zuhörer.

In diesen Augenblicken sah Henoch einen Funken Hoffnung. Er glaubte, dass das gemeinsame Musizieren eine Möglichkeit war, die Kluft zwischen den Menschen zu überwinden und den Frieden zu fördern. Jeder Auftritt des Orchesters war ein kleiner Schritt in Richtung einer besseren Welt, in der Menschen trotz ihrer Unterschiede zusammen in Harmonie leben konnten.

Henoch war sich der Symbolik seiner Arbeit sehr bewusst. Während die Welt um ihn herum oft von Konflikten und Spannungen geprägt war, versuchte er, durch Musik einen Beitrag zum Frieden zu leisten und die Menschen zusammenzubringen. Mit jeder Note und jedem historischen Detail verfolgte er das Ziel, eine Welt zu schaffen, in der „Niemand Krieg braucht".

Barqel hatte sich schon seit geraumer Zeit in der Umgebung von Armenien aufgehalten. Seit seiner Sendung durch Gott, den Menschen Schutz zu gewähren, war er der Anführer von etwa 500.000 Unterengeln. Seine Aufgabe war es, das Wohl der Menschen zu fördern und ihnen in allen Lebensbereichen Segen zu bringen – in ihren Beziehungen, bei der Arbeit und in allen anderen Aspekten ihres Lebens. Als Oberster der Schutzengel erhielt Barqel oft Bitten um Hilfe, die durch die persönlichen Schutzengel der Menschen erfüllt werden sollten.

In den stillen Nächten, wenn die Welt zur Ruhe kam, fand Barqel häufig Zuflucht auf dem Dach der Synagoge. Dort betrachtete er den sternenklaren Himmel, ein beeindruckendes Werk, das von Gott selbst erschaffen worden war. Die Sterne funkelten wie kleine Juwelen und erinnerten ihn daran, dass selbst in der Dunkelheit immer Licht existierte. Jede Konstellation erzählte eine Geschichte, eine Botschaft aus der Vergangenheit, die das Heute erhellte. In diesen Momenten der Einsamkeit empfand Barqel Trost, aber auch eine tiefere Erkenntnis über seine Mission: das Streben nach Frieden und Einheit in einer zerrissenen Welt.

Die Menschen kannten Barqel als den Engel des Schutzes und des Segens, doch sein Interesse galt auch den Fortschritten der Menschheit. Besonders die Musik faszinierte ihn, denn sie war die Sprache der Engel und verband die Seelen der Menschen über kulturelle und religiöse Grenzen hinweg. Als Barqel von Henochs Engagement für Musik und seine Bemühungen um den Frieden erfuhr, entschloss er sich, nach Jerusalem zu reisen, um ihn zu treffen. Er spürte, dass in Henochs Herz eine Melodie schlummerte, die darauf wartete, gehört zu werden – eine Melodie, die die Hoffnung auf eine bessere Welt in sich trug.

Henoch wurde kürzlich zu einer internationalen Konferenz eingeladen, die sich dem Thema „Gefallene Engel und deren Nutzen für die Menschheit" widmete. Die Veranstaltung fand in einem eleganten Saal statt, dessen

Wände mit historischen Artefakten geschmückt waren. Sie versammelte Fachleute, Historiker, religiöse Führer und Philosophen, um die Konzepte und Implikationen gefallener Engel zu erörtern. Das Motto der Veranstaltung lautete: „Glaubet nicht einem jeglichen Geist, sondern prüfet die Geister, ob sie von Gott sind; denn es sind viele falsche Propheten ausgegangen in die Welt."

Im Mittelpunkt der Diskussion standen die sogenannten „gefallenen Engel" – ehemals moralische Autoritäten oder Vorbilder, die durch eigene Verfehlungen ihren Status verloren hatten. Die Themen reichten von religiösen Überzeugungen bis zu weltlichen Betrachtungen. So wurden bekannte Persönlichkeiten wie ein ehemaliger Fußballprofi, der wegen strafrechtlicher Vergehen vor Gericht stand, oder Aung San Suu Kyi, die als Friedensnobelpreisträgerin in Verruf geraten war, als Beispiele für „gefallene Engel" genannt.

Ein weiterer Schwerpunkt war die Rolle solcher gefallenen Engel in der Geschichte und ihr Einfluss auf Konflikte und Kriege. Auch ein Satiriker, der aufgrund seiner polemischen Kritiken zum Koran als „gefallener Engel" des Humorgewerbes galt, wurde diskutiert. Diese Fälle veranschaulichten, wie schnell Menschen von ihren Höhen in den Abgrund stürzen können und welche weitreichenden Auswirkungen dies auf ihr Umfeld hat.

Henoch meldete sich zu Wort und brachte einen wichtigen Aspekt in die Diskussion ein: „Wie viele gefallene Engel sind direkt oder indirekt an Völkerkriegen beteiligt gewesen?" Diese provokante Frage stieß auf Interesse, und Henoch stellte weiter in den Raum: „Niemand braucht Krieg, trotzdem gibt es ihn. Wer braucht ihn dann?" Laut dem Heidelberger Institut für Internationale Konfliktforschung (HIIK) gab es im Jahr 2023 weltweit über dreihundert gewaltsame Konflikte.

Die Konferenzteilnehmer waren tief beeindruckt von Henochs Fragen und den tiefgründigen Überlegungen, die er anstellte. Viele nickten zustimmend, während andere nachdenklich wurden. Es wurde klar, dass diese gefallenen Engel, in ihrer menschlichen Form, häufig für die Konflikte und Kriege verantwortlich waren, die die Welt in Chaos stürzten. Diese Wesen, die einst große Hoffnung und Inspiration verkörperten, hatten durch ihre eigenen Fehler und Verfehlungen eine dunkle Spur hinterlassen.

Henoch regte an, dass man bei der Suche nach Lösungen für den Frieden auch die Rolle von Fehltritten und Versagen, sowohl auf individueller als auch auf kollektiver Ebene, berücksichtigen sollte. Vielleicht, so dachte er, könnten diese Erkenntnisse helfen, einen Ausweg aus dem endlosen Kreislauf der Gewalt zu finden und eine Welt zu schaffen, in der niemand Krieg braucht.

Barqel, der die Diskussion aufmerksam verfolgt hatte, spürte die Dringlichkeit von Henochs Anliegen. Als Engel der Sterne wusste er, dass die Herausforderungen der Menschheit tief in den Herzen der Menschen und der Geschichte verwurzelt waren. Mit einem erneuerten Sinn für Verantwortung machte sich Barqel daran, Henoch bei seinen Bemühungen um Frieden und Verständnis zu unterstützen. Er war entschlossen, die Kraft der Musik und der menschlichen Verbindung zu nutzen, um die dunklen Schatten der gefallenen Engel zu vertreiben.

Als Barqel in Jerusalem ankam, war die Stadt ihm nicht fremd. Dennoch hatte sich vieles verändert. Früher war er oft hier gewesen, um das Geschehen vor Ort zu beobachten, doch mittlerweile erhielt er seine Informationen direkt von Gott in den täglichen Versammlungen vor seinem Thron. Heute waren es moderne Kommunikationsmittel wie Handys, die ihm aktuelle Nachrichten übermittelten. Doch für seine Arbeit als Engel benötigte Barqel keine Informationen aus der Ferne – er hatte alles, was er brauchte, direkt an der Quelle.

In Jerusalem fand Barqel Unterkunft in einer der vier sephardischen Synagogen und suchte besonders die Eliahu-ha-Navi-Synagoge auf. Diese bot ihm nicht nur einen Rückzugsort, sondern auch eine Verbindung zu Elias, dessen Nähe er in dieser heiligen Stätte spürte. Er brauchte wenig – nur einen Ort, an dem er sich verbergen konnte, und die Gottesdienste und Gebete störten ihn dabei nicht.

Obwohl Barqel in Ruhe sein konnte, hielt er sich vorsichtig. Er wusste, dass die Unterengel am Ortseingang postiert waren und alle Bewegungen beobachteten. Auch wenn er sich verteidigen konnte, wollte er vermeiden, unnötige Aufmerksamkeit auf sich zu ziehen. Einige von ihnen hatten bereits schlechte Erfahrungen mit ihm gemacht.

Sein Interesse galt Henoch, dem Professor, der für seine Leidenschaft für Geschichte und Musik bekannt war. Barqel wusste noch nicht, wie er sich dem Professor zeigen sollte, aber er vertraute darauf, dass sich der richtige Moment finden würde.

Henoch lebte in der Nähe der Universität und der Musikschule von Jerusalem. Sein Leben war von seinem Drang geprägt, Wissen zu vermitteln und zu lehren. Geschichte und Musik waren seine Leidenschaften, die ihn täglich begleiteten.

In der Eliahu-ha-Navi-Synagoge setzte sich Barqel auf den Stuhl des Elia. Um ihn herum hörte er die Gebete der Versammelten, während er in Ruhe und Besinnung nachdachte. Die Gebühr von zehn Schekel war ihm egal, da er keinerlei Geld besaß. Die Öffnungszeiten waren für ihn von Bedeutung, da sie es ihm ermöglichten, sich frei zu bewegen, ohne von Touristen gestört zu werden. Der Stuhl des Elia war für ihn ein besonderer Ort, der mit Elias' Nähe erfüllte.

In der Stille der Nacht, als die Synagoge noch ruhiger wurde, nahm Barqel Kontakt zu Henoch auf. Da Henoch nichts von Smartphones hielt, wandte sich Barqel auf die traditionelle Weise an ihn: durch Gebet. Er richtete seine Worte an Gott, der die Gebete an die entsprechenden Adressaten weiterleitete. In seinem Gebet schilderte Barqel alles, was ihn beschäftigte.

Henoch empfing die Botschaft und machte sich sofort auf den Weg zur Synagoge. Er kannte diesen Ort gut und wusste um die Bedeutung des Stuhls des Elia. Noch ehe Barqel sein Gebet beendet hatte, stand Henoch bereits neben ihm.

„Henoch!", rief Barqel, und die beiden umarmten sich – ein Zeichen von Freundschaft und Verständnis. Nun war es an der Zeit, über die Herausforderungen und Möglichkeiten zu sprechen, die vor ihnen lagen.

Barqel setzte sich auf den Stuhl des Elia und erzählte von seinen Schwierigkeiten, Henoch zu beschützen und seiner Mission. Henoch hörte geduldig zu, seine Augen strahlten Mitgefühl und Weisheit aus. Als Barqel seine Erzählung beendet hatte, nickte Henoch langsam und sagte: „Es wird nicht einfach sein, aber ich glaube an dich. Du hast die Kraft, diese Aufgabe zu erfüllen."

Henoch begann, Barqel wertvolle Ratschläge zu geben und teilte seine eigenen Erfahrungen als Engel sowie die Herausforderungen, die auch er überwinden musste. Barqel war tief dankbar für Henochs Unterstützung und fühlte sich gestärkt.

Die beiden unterhielten sich lange über Geschichte, Musik, Glauben und die Zukunft. Als es schließlich Zeit war, Abschied zu nehmen, umarmten sie sich ein letztes Mal.

„Ich werde dich nie vergessen, Henoch", sagte Barqel.

„Du wirst immer in meinem Herzen sein, Barqel", antwortete Henoch. „Gehe jetzt und erfülle deine Aufgabe."

Mit neuem Mut verließ Barqel die Synagoge und machte sich auf den Weg zu Henochs Haus. Doch als er dort ankam, erstarrte er. Das Gebäude war zerstört, in Schutt und Asche. Feuerwehrleute waren dabei, die letzten Glutnester zu löschen.

„Henoch…", flüsterte Barqel verzweifelt, doch die Bestätigung kam schnell. Ein Feuerwehrmann schüttelte den Kopf und sagte: „Wir haben keine Überlebenden gefunden."

Barqel fiel auf die Knie. Schmerz und Trauer überwältigten ihn. Henoch, sein Freund und Mentor, war tot. Die Wut und Verzweiflung in ihm stiegen auf. Wer hatte diese Rakete abgefeuert? Warum? Was war der Grund für dieses Verbrechen?

Barqel wusste, dass er Antworten finden musste. Der Tod von Henoch durfte nicht umsonst gewesen sein. Die Suche nach der Wahrheit hatte gerade erst begonnen.

Hoffnung durch Musik – Meine Version

Barqel stand vor den Trümmern des Hauses von Henoch. Die Hitze des Zorns und der Sorge brannten in ihm. Der Angriff auf seinen Mentor hatte Henoch beinahe das Leben gekostet, doch Barqel wusste, dass dieser Schmerz und diese Verzweiflung nicht ohne Konsequenzen bleiben durften. In seinem Herzen war der Schwur gewachsen, die Verantwortlichen zu finden und Henoch Gerechtigkeit zu verschaffen.

Die Szene vor ihm schien surreal: Auf der anderen Straßenseite standen zwei Männer, der alte Henoch, gebeugt und weise, und der junge Henoch, voller Entschlossenheit und Leben. Barqel wusste, dass etwas Entscheidendes sich gerade entfaltete, und er eilte zu ihnen.

Der alte Henoch begrüßte ihn mit einem ruhigen Lächeln. „Es tut mir leid, Barqel. Ich war gerade auf dem Rückweg, als die Nachricht vom Anschlag kam. Ich konnte den Professor gerade noch aus dem Gebäude holen. Er war im Aufzug, als wir uns hinter dem Block versteckten", erklärte der alte Henoch, seine Stimme von Sorge und Erleichterung zugleich durchzogen.

Barqel atmete tief durch. Der Professor lebte. „Das ist gut", sagte er, erleichtert. Der alte Henoch stellte ihn dem jungen Henoch vor, und Barqel spürte die Präsenz des Mannes, die Stärke und Entschlossenheit, die ihn umgab.

„Ich bin Professor Henoch", sagte der junge Henoch dann ruhig den eintreffenden Polizeibeamten. „Ich war das Ziel dieses Angriffs."

Die Beamten begannen sofort mit der Arbeit, doch Barqel konnte nicht anders, als weiter über die Fragen nachzudenken, die wie ein Schatten in ihm hausten: Wer hatte diesen Anschlag geplant? Und warum?

Henoch, der Professor, hatte an diesem Tag eine wichtige Probe in der Musikschule. Mit seinem Orchester arbeitete er an seiner eigenen Komposition, „Die Ode an den Frieden". Ein Werk, das die Konflikte und die Vielseitigkeit der Region widerspiegeln und doch eine Vision der Einheit schaffen sollte.

Doch die Probe war zäh. Die Musiker kamen aus verschiedenen Nationen, jede mit ihrer eigenen Geschichte und ihren eigenen Konflikten. Die Musik, die sie spielten, war keine harmonische Verschmelzung der Klänge, sondern ein Aufeinandertreffen von Dissonanzen, die Henoch quälten.

Sein Blick fiel auf Karim, einen jungen Mann aus Libyen, der die erste Geige spielte. Karim hatte eine Geschichte von Verlust und Schmerz. Henoch erinnerte sich an den Tag, als Karim als junger Flüchtling nach Jerusalem kam, mit einer alten Geige und einem Leben voller Trauer, das er in die Musik legte.

Henoch konnte sehen, dass Karim heute wieder von der Vergangenheit verfolgt wurde. Der junge Mann schien unruhig, und als Henoch ihn beiseite nahm, zog Karim einen Zettel aus seiner Tasche. „Wenn du nicht aufhörst zu spielen, wirst du sterben", stand darauf.

Henoch zeigte den Zettel Barqel. „Du musst ihn der Polizei übergeben", sagte Barqel. Doch Henoch schüttelte den Kopf. „Wenn die Polizei ihn findet, schicken sie ihn zurück nach Libyen. Das würde ihm den Tod bringen."

Barqel überlegte kurz und stimmte dann zu, Karim zu schützen – aber unter der Bedingung, dass er den Anweisungen folgte. „Er spricht gut Hebräisch", sagte Henoch, und Barqel nickte zustimmend. „Dann wird es kein Problem geben", antwortete er und sprach mit Karim in fließendem Hebräisch.

Henoch war dankbar für die Unterstützung, wusste aber auch, dass diese Entscheidung nicht ohne Risiken war. Und es war nur der Anfang.

Einige Tage später nahm Henoch an einer Veranstaltung über gefallene Engel teil, eine Veranstaltung, die die dunklen Kräfte und den Extremismus in der Welt thematisierte. In der Pause bemerkte er einen Mann aus Libyen, der ihn aufmerksam und herausfordernd ansah. Henoch ging zu ihm, um das Gespräch zu suchen.

Doch plötzlich zückte der Mann ein Messer und stach auf Henoch ein. In einem schnellen Reflex konnte Henoch den Dolch abwehren und den Angreifer überwältigen. Die Polizei war schnell zur Stelle und nahm den Mann fest.

Im Verhör gab der Mann zu, Mitglied einer extremistischen Gruppe zu sein. Henoch wurde als Symbol des Westens und der Dekadenz betrachtet, und seine Musik und seine Haltung waren ein Dorn im Auge dieser Gruppe. Die Drohung gegen Karim war nur ein weiterer Schritt in ihrem Plan, Angst und Chaos zu verbreiten.

Henoch, verletzt und erschöpft, aber nicht gebrochen, wurde zum Symbol des Widerstands gegen Intoleranz und Extremismus. Seine Geschichte ermutigte viele, für Frieden und gegen Hass zu kämpfen.

In einer Sitzung wurde beschlossen, dass Henoch die Leitung eines neuen Büros zur Bekämpfung von Gewalt übernehmen sollte. Diese Institution würde Prävention, Intervention und Forschung verbinden, um der Gewalt entgegenzuwirken.

Henoch nahm die Verantwortung an, entschlossen, sein Wissen und seine Erfahrungen einzubringen und die Kraft der Musik zu nutzen, um den Frieden zu fördern.

Der Höhepunkt seines Engagements war die Aufführung der „Ode an den Frieden" im großen Saal. Umgeben von Menschen aus aller Welt, die sich von der Musik leiten ließen, spürte Henoch den Zauber des Moments. Die Musik hatte die Kraft, Menschen zu verbinden, ihre Unterschiede zu überwinden und gemeinsam einen Moment der Harmonie zu erleben.

Der letzte Ton verklang, und das Publikum brach in begeisterten Applaus aus. Henoch verbeugte sich, seine Augen glänzten vor Erfüllung. Diese Nacht war nur ein kleiner Schritt auf einem langen Weg, aber es war der Beginn einer neuen Ära des Friedens und des Verständnisses.

Und so ging Henoch weiter, mit der festen Überzeugung, dass die Musik – die universelle Sprache der Menschheit – der Schlüssel zur Heilung und zur Überwindung der Dunkelheit war.

Ode an den Frieden

Von Henoch

Frieden, Freiheit, Worte, die wir rufen,
Doch selten in unserem Alltag gefunden.
Die Menschen sehnen sich, sie suchen,
Nach einem Ort, an dem sie in Frieden leben können.

Frieden, Freiheit, der tiefste Wunsch,
In unseren Herzen, verborgen wie ein leiser Ruf.
Ein Lied, das im Wind weht, sanft und doch klar,
Die Hoffnung, die uns alle vereint.

Doch die Dunkelheit lauert, sie flüstert von Angst,
Sie versucht uns zu spalten, zu füllen mit Hass.
Doch wir werden nicht weichen, wir sind stark,
In der Liebe, in der Einheit, finden wir den Weg.

Lasst uns Brücken bauen statt Mauern zu errichten,
Lasst uns Hand in Hand in eine neue Welt gehen.
Eine Welt, in der Frieden und Freiheit herrschen,
Wo keine Dunkelheit uns mehr trennen kann.

Kommt, lasst uns zusammenstehen,
Die Dunkelheit vertreiben, das Licht einladen.
Denn die neue Welt ist nah, sie wartet auf uns,
Vereint in Liebe, mit Hoffnung im Herzen.

Der Frieden wird kommen, wenn wir ihn gemeinsam suchen,
Und die Freiheit wird regieren, wenn wir für sie kämpfen.
In dieser neuen Welt werden wir nicht nur träumen,
Wir werden leben, was wir gesät haben: Frieden und Einheit.

Ein schöner Traum

In einer kleinen Stadt im Thüringer Wald lebte das zwölfjährige Mädchen Lea mit ihrer Familie. Ihr Zuhause war Neustadt/Harz, ein malerischer Ort, umgeben von sanften Hügeln und dichten Wäldern. Lea hatte einen älteren Bruder namens Alexander, den alle nur Alex nannten, und der immer von seinem treuen Cockerspaniel Jimmie begleitet wurde. Doch zwischen Lea und Jimmie herrschte eine gewisse Spannung. Das lag vor allem an Leas Katze, Frau Frieda, einer eleganten Tigerkatze mit einer Schwäche für Versteckspiele. Jimmie war fest davon überzeugt, dass Frau Frieda eines seiner Lieblingsspielzeuge gestohlen hatte. „Das stimmt doch nicht!", schien Jimmie jedes Mal zu murren, wenn Lea ihn ansah. Doch niemand konnte den Konflikt zwischen den beiden Tieren aufklären.

Lea war ein sensibles Mädchen. Ihr Zuhause in der Stollbergstraße gab ihr Geborgenheit, doch die Schule war für sie oft ein Ort der Unsicherheiten. Ihre Mitschüler spürten schnell, wie verletzlich sie war, und manche nutzten dies aus, um sie zu necken. Lea hatte gelernt, ihre Sorgen hinunterzuschlucken, aber sie trug es schwer in ihrem Herzen. Zu Hause fand sie jedoch Trost in ihrer Fantasie. In ihren Träumen war sie stark, mutig und frei.

An einem regnerischen Nachmittag saß Lea auf dem Sofa und schaute eine Folge von Bibi Blocksberg. Die Abenteuer der jungen Hexe faszinierten sie. Wie gern würde sie selbst auf einem Besen durch die Lüfte fliegen, Zaubersprüche sprechen und all ihre Ängste hinter sich lassen. Doch je tiefer sie in die Welt der Magie eintauchte, desto schwerer wurde ihr Herz. Sie wusste, dass sie nicht zaubern konnte – und dass ihre Probleme damit auch nicht verschwinden würden.

Plötzlich brach Unruhe im Haus aus. Frau Frieda raste durch das Wohnzimmer, dicht gefolgt von Jimmie, der ihr laut bellend hinterherjagte. Alex versuchte, die beiden zu trennen, doch es endete in einem Chaos aus umgeworfenen Kissen und zerstreuten Büchern. „Hört doch auf!", rief Lea genervt. Sie seufzte tief und trat ans Fenster. Draußen prasselte der Regen gegen die Scheiben, und der Himmel war von schweren, grauen Wolken verhangen. Sie fragte sich, ob der Tag noch besser werden würde.

„Lea, komm, es gibt Abendessen!", rief ihre Mutter aus der Küche. Doch Lea hatte keinen Hunger. Sie fühlte sich leer und ausgelaugt. Ihre Mutter setzte sich zu ihr, strich ihr über den Arm und fragte sanft: „Wie war dein Tag?" Lea zuckte nur mit den Schultern. Sie wollte nicht darüber sprechen, was in der Schule passiert war, oder über den ständigen Streit mit Alex.

„Lea ist vom Stuhl gefallen, weil Frau Frieda und Jimmie durch das Zimmer getobt sind. Sie hat geheult, wie ein kleines Kind", warf Alex plötzlich mit einem frechen Grinsen ein. Lea sprang auf. „Das stimmt überhaupt nicht! Du hast mich geschubst!", rief sie wütend. „Hört auf zu streiten!", schalt ihr Vater streng. „Beide gehen jetzt in ihre Zimmer!"

Lea rannte in ihr Zimmer, warf sich aufs Bett und drückte ihr Gesicht ins Kissen. Sie wollte einfach nur Ruhe, doch der Regen und ihre trüben Gedanken ließen sie nicht los. Irgendwann schlief sie ein.

Sie träumte. In ihrem Traum war alles anders. Der Himmel war klar, und der Wald von Neustadt leuchtete in einem warmen Goldton. Lea wanderte den Hexenpfad entlang, ein Besen fest in der Hand. Es war Walpurgisnacht, und der Mond schien hell über die Hügel. Um ein großes Feuer tanzten Hexen und Teufel, ihre Fackeln warfen flackernde Schatten auf die Baumstämme. Lea fühlte sich stark und voller Energie. Sie konnte fliegen, und der Wind trug sie hoch über die Baumwipfel.

Doch plötzlich zog ein Gewitter auf. Dunkle Wolken verdunkelten den Himmel, und der Regen peitschte herab. Ein Blitz zuckte, und vor Lea tauchte eine unheimliche Gestalt auf. Es war eine Hexe mit glühenden Augen und einer langen, krummen Nase. „Was machst du hier?", zischte die Hexe und schwang ihren Besen. Lea wollte weglaufen, doch ihre Beine fühlten sich schwer an. Sie stolperte über einen Felsen und stürzte tief hinab ins Tal. Ihr Schrei hallte durch die Nacht.

Mit einem Ruck erwachte Lea in ihrem Bett. Tränen liefen ihr über die Wangen, und sie schluchzte laut. Ihre Mutter kam ins Zimmer, schloss leise die Tür und setzte sich an ihre Seite. „Alles ist gut, mein Schatz", flüsterte sie und nahm Lea in den Arm.

„Ich hatte einen schrecklichen Traum", stammelte Lea und erzählte ihrer Mutter von der Hexe, dem Gewitter und ihrem Sturz. Ihre Mutter hörte geduldig zu, streichelte ihr beruhigend über das Haar und begann ein Lied zu singen, das Lea aus ihrer Kindheit kannte:

„Heile, heile Gänsje, es is bald widder gut,Es Kätzle hat e Schwänzje, es is bald widder gut,Heile, heile Mausespeck, in hunnerd Jahr is alles weg."

Langsam beruhigte sich Lea. Ihre Mutter lächelte. „Weißt du, meine Kleine, manchmal sind Träume wie Schatten. Sie können uns Angst machen, aber sie sind nicht real. Und selbst in der dunkelsten Nacht wachen Engel über uns. Wir müssen nur daran glauben."

Lea kuschelte sich in die Decke und schloss die Augen. Die Worte ihrer Mutter klangen in ihrem Herzen nach, und sie spürte, wie die Angst langsam von ihr abfiel. Draußen hatte der Regen aufgehört, und die ersten Sterne funkelten am Himmel. Lea lächelte leicht, bevor sie in einen friedlichen Schlaf fiel.

Lea fühlte sich plötzlich sicherer. Ihre Mutter hatte immer einen Weg, sie zu beruhigen und ihr zu zeigen, dass sie nicht allein war. Lea legte ihre Hand auf den Arm ihrer Mutter und schloss die Augen. Sie fühlte sich stark und wusste, dass sie mit der Unterstützung ihrer Familie und den Engeln in ihrem Leben gegen alles gewappnet war.

Am nächsten Morgen war der Regen verschwunden, und die Sonne schien durch die Fenster. Lea saß bereits am Frühstückstisch, als Alex hereinkam. „Es tut mir leid, Lea", sagte er und umarmte sie. Ihr Vater trat ebenfalls an den Tisch, schaute nach Jimmie, der wie immer nach Frau Frieda suchte. Der Tag begann in Frieden und Harmonie. Ille, ihre Mutter, hatte Tränen in den Augen, weil sie wusste, dass der Frieden nicht für immer halten würde, doch in diesem Moment war alles gut.

Lea fühlte sich stärker. Sie wusste, dass es auch in Zukunft schwierige Momente geben würde, aber sie hatte gelernt, dass ihre Familie und der Glaube an Gott ihr Halt gaben. Heute war ein neuer Tag, ein Tag voller Möglichkeiten.

Ein Albtraum

Lukas von Aachen lebte in einem ständigen Wechsel zwischen der Welt der Politik und der des Journalismus. Als Volontär bei der renommierten Wochenzeitung Die Zeit war er in Brüssel fast ebenso zu Hause wie in seiner Geburtsstadt Aachen. Die politische Arena war sein Spielplatz, und nichts fesselte ihn mehr, als in den Sitzungssälen der EU die Dynamik zwischen den Akteuren zu beobachten. Für ihn war Politik ein zähes Gewebe aus Interessen, Macht und Ideologien – eine Herausforderung, die er als Journalist entwirren wollte.

Doch trotz seiner Faszination für die politischen Verflechtungen erlebte Lukas zunehmend, wie diese Welt ihn belastete. Seine Objektivität zu bewahren, wahrheitsgemäß zu berichten und sich dabei durch ein Labyrinth aus Intrigen zu navigieren, wurde zur inneren Zerreißprobe. Besonders die Konflikte innerhalb der deutschen Ampelkoalition – bestehend aus Grünen, SPD und FDP – spitzten sich zu und forderten ihn beruflich wie persönlich heraus. Diese Spannungen wurden durch eine besondere Figur verstärkt: Herr Danzas, ein zynischer Lobbyist und politischer Stratege, der die Konflikte innerhalb der Koalition gezielt ausnutzte, um eigene Interessen durchzusetzen.

Begegnung mit Ana Paduschka

In Brüssel traf Lukas auf Ana Paduschka, eine einflussreiche Politikerin des Europarats. Ana, Tochter einer türkischen Mutter und eines österreichischen Vaters, war durch ihre analytische Schärfe und ihre kompromisslose Integrität eine feste Größe in der Brüsseler Politikszene. Lukas war fasziniert von ihrer ruhigen, fast unerschütterlichen Präsenz und ihrer Fähigkeit, komplexe Sachverhalte mit Klarheit zu analysieren. Ihre Worte prägten sich tief in sein Gedächtnis ein: „Es gibt Dinge, die sich nie ändern, und Momente, in denen sich alles wandelt. Die Wahrheit liegt oft dazwischen."

Ana bot Lukas nicht nur Einsichten, sondern auch eine neue Perspektive auf die politischen Spannungen. Während ihrer Diskussionen über die Klimapolitik, die internen Konflikte der Ampelkoalition und die wachsende Bedrohung durch Extremismus fand Lukas einen Gegenpol zu seiner eigenen inneren Zerrissenheit. Devora, eine israelische Journalistin und Kollegin von Lukas, fasste es treffend zusammen: „Ana lebt in der Grauzone zwischen den Linien. Das ist es, was sie so wirkungsvoll macht."

Politische Ansichten der Parteien und Krisen

Die Themen, die Lukas und Ana diskutierten, waren brisant. Besonders die Klimapolitik offenbarte tiefe Gräben zwischen den Koalitionsparteien. Die Grünen drängten auf radikale Maßnahmen zur CO_2-Reduktion und die Einführung strikter Umweltauflagen, während die FDP sich vehement gegen Eingriffe in den freien Markt und höhere Steuern stellte. Die SPD stand zwischen diesen Fronten, bemüht, soziale Gerechtigkeit und wirtschaftliche Stabilität auszubalancieren. Diese Spannungen wurden durch Danzas verschärft, der hinter den Kulissen als Berater für Unternehmen und einflussreiche Politiker agierte, um den Fokus auf wirtschaftliche Interessen zu lenken.

Die zunehmende Polarisierung in der Gesellschaft, angefacht durch rechtsextreme Bewegungen wie die Reichsbürger, verschärfte die Lage zusätzlich. Diese Gruppen bedrohten nicht nur die gesellschaftliche Einheit, sondern schufen auch ein Klima der Unsicherheit, das Danzas geschickt nutzte, um die Notwendigkeit starker wirtschaftlicher Steuerung zu betonen. Ana und ihre Kollegen hatten als Antwort auf diese Entwicklungen den „Aufsichtsrat zur Überwachung der politischen Handlungen in Deutschland" (AzÜdpHD) gegründet. Das Ziel: politische Entwicklungen analysieren und dokumentieren, um Transparenz und Vertrauen zu schaffen. Ana sah in Lukas einen potenziellen Leiter für ein neues Projekt, das die deutsche Politik intensiver beleuchten sollte.

Die Belastung eines Journalisten

Je tiefer Lukas in die politische Welt eintauchte, desto mehr spürte er den Druck. Die Balance zwischen journalistischer Neutralität und moralischem Engagement wurde zu einem ständigen Konflikt. Sein Albtraum bestand nicht nur aus den Spannungen in der Politik, sondern auch aus der Frage, wie viel Wahrheit die Öffentlichkeit ertragen konnte. Die zunehmenden Proteste, Streiks und die Eskalation der politischen Konflikte verschärften seine inneren Zweifel.

Ein besonders heikles Thema war die Frage der Waffenlieferungen an die Ukraine. Die FDP und Grünen befürworteten die Lieferung von Taurus-Raketen, während die SPD und Kanzler Scholz strikt dagegen waren. Selbst Frankreichs Präsident Macron brachte die Entsendung von Bodentruppen ins Gespräch – ein Vorschlag, der sowohl von Ursula von der Leyen als auch von Scholz abgelehnt wurde. Lukas' Gespräche mit Ana verdeutlichten die Risiken dieser Entscheidungen und die Gefahr einer Eskalation mit Russland.

Technologie als Hoffnungsschimmer

Ana glaubte fest daran, dass innovative Technologien helfen könnten, die politischen Herausforderungen zu meistern. Gemeinsam mit Lukas und einem Team von Experten entwickelte sie eine KI-basierte Plattform, die politische Entwicklungen analysieren und Frühwarnsysteme für potenzielle Krisen bereitstellen sollte. Diese Künstliche Intelligenz konnte Trends in Social Media und Nachrichten erkennen, historische Muster analysieren und Szenarien simulieren, um rechtzeitig auf Gefahren zu reagieren.

Während einer prägnanten Präsentation vor Ursula von der Leyen und anderen hochrangigen Vertretern der EU skizzierte Ana die Vision: „Wir müssen Technologien wie Künstliche Intelligenz nutzen, um nicht nur auf Krisen zu reagieren, sondern sie proaktiv zu verhindern. Die Zukunft der Politik liegt in der Fähigkeit, Unsicherheiten zu managen und gemeinsam Lösungen zu finden."

Lukas ergänzte: „Die KI wird nicht die Politik ersetzen, aber sie wird uns helfen, fundiertere Entscheidungen zu treffen und die Überforderung durch die Komplexität der modernen Welt zu bewältigen."

Ein neuer Weg

Die Initiative fand breite Unterstützung. Ana wurde zur Präsidentin des Europarats gewählt, während Lukas und Devora die Leitung des KI-Projekts übernahmen. Ihre Arbeit symbolisierte einen Neuanfang – einen, der Dialog, Innovation und Zusammenarbeit in den Mittelpunkt stellte. Trotz der Herausforderungen und Konflikte, die weiterhin bestanden, schien der Albtraum weniger drückend. Stattdessen wurde er zu einer Erinnerung daran, wie wichtig es ist, in einer Welt der Unsicherheiten Hoffnung und Lösungen zu suchen.

In einer sich wandelnden politischen Landschaft blieb eine zentrale Erkenntnis: Fortschritt ist möglich, wenn Menschen den Mut finden, Brücken zu bauen – zwischen Ideologien, Technologien und Kulturen. Und so begann für Lukas, Ana und Devora ein neues Kapitel, das die Zukunft mit all ihren Herausforderungen und Chancen in den Blick nahm.

Das Eichhörnchen Nussi

Es war ein klarer Herbstmorgen im Eichhörnchenwald, als Nussi, ein junges Eichhörnchen mit einem leuchtend roten Fell, das in den Sonnenstrahlen fast zu glühen schien, seine gewohnte Baumhöhle verließ. Der Wald um ihn war still, bis auf das sanfte Rascheln der Blätter, die die ersten Anzeichen des bevorstehenden Winters trugen. Nussi sprang von Ast zu Ast, schneller als der Wind, auf der Suche nach Eicheln und Nüssen, die er für den Winter verstecken konnte. Doch heute war etwas anders. Etwas Unbekanntes zog ihn immer weiter hinaus aus dem vertrauten Teil des Waldes.

Nussi hatte von den älteren Eichhörnchen Geschichten gehört – von einem Baum, der so alt war, dass er den Anfang der Sterne gesehen hatte, von einem Baum, der das Herz des Waldes in sich trug. Der Mammutbaum. Ein Baum, der über Jahrhunderte hinweg das Leben des Waldes gehütet hatte und in dessen Schatten die Zeit in einen sanften Schlaf versank.

Angetrieben von einer Mischung aus Neugier und einer geheimen Sehnsucht, die er nicht ganz verstand, kletterte Nussi immer weiter, bis er schließlich eine Lichtung betrat. Da stand er: der Mammutbaum. Ein gewaltiges, ehrwürdiges Wesen aus Holz und Leben, das hoch in den Himmel ragte. Nussi spürte sofort eine tiefe Verbindung zu dem Baum, eine unsichtbare Kraft, die ihn mit jedem Schritt näher zog.

„Du hast mich gesucht", flüsterte der Wind, der sanft durch die Äste des Baumes strich. Nussi hielt inne. Hatte der Baum gesprochen? Doch er konnte keinen Mund sehen, keine Stimme vernehmen, nur das Rauschen der Blätter, das ihm plötzlich wie ein sanftes Murmeln erschien. Er wusste, dass der Baum mehr war als nur ein Baum. Er war ein alter Wächter, ein Bewahrer der Geheimnisse des Waldes.

Nussi kletterte an dem Stamm empor, seine Pfoten tasteten sich vorsichtig über die rauen Äste, die ihn stützten. Je weiter er hinaufkletterte, desto mehr schien die Welt, um ihn herum zu verschwimmen. Der Boden war nicht mehr zu erkennen, die Bäume darunter waren nur noch silberne Umrisse, die im Nebel des Morgens verschwanden. Es war, als würde er in eine andere Dimension eintreten – in eine Welt, in der nur er und der Mammutbaum existierten.

In den höchsten Ästen des Baumes fand Nussi eine kleine Nische, einen winzigen Platz, der ihn wie eine Wiege umschloss. Er rollte sich dort zusammen, den Blick auf die weite Welt unter sich gerichtet. Hier, so dachte er, würde er für immer bleiben können. Der Baum, der ihn getragen hatte, hatte ihm all das gegeben – Sicherheit, Nahrung und das Gefühl, verbunden zu sein mit allem Leben im Wald.

Doch der Wind wehte stärker, und eine seltsame Erschütterung durchfuhr den Baum. „Es gibt immer einen Herbst nach dem Sommer", sagte eine Stimme, die Nussi tief in seiner Brust hörte, als hätte er das Wort selbst ausgesprochen. „Und Winter wird kommen. Auch für den Wald."

Der Baum hatte gesprochen, oder vielleicht war es auch der Wind gewesen, aber Nussi verstand, was gemeint war. Die Jahreszeiten waren wie ein Kreislauf – Geborenwerden, Wachsen, Vergehen. Der Herbst war eine Zeit der Vorbereitung, der Winter eine Zeit der Ruhe, des Rückzugs. Doch auch im Winter gab es Leben, auch im Stillstand konnte etwas Neues wachsen.

Nussi schaute hinab auf den Wald, wo die Bäume sich in goldene und rote Farben kleideten und sich der Winter vorbereiteten. Er wusste, dass der Mammutbaum ihm nicht nur ein Zuhause gegeben hatte, sondern ihm auch die Wahrheit des Waldes zeigte: Alles ist miteinander verbunden. Der Wind, das Licht, die Bäume, die Tiere – alle waren Teil eines großen Ganzen, eines immerwährenden Kreislaufs.

Die Sonne ging unter und tauchte die Welt in ein zartes Licht, das den Himmel in purpurnen und goldenen Tönen erstrahlen ließ. Nussi fühlte sich klein und zugleich unendlich groß, als ob er in diesem Moment alles begreifen konnte, was den Wald ausmachte. Der Mammutbaum war nicht nur ein Baum, sondern ein Wesen, das in den Erinnerungen der Jahreszeiten lebte.

Nussi schlief ein, getäuscht von den flimmernden Lichtern, die der Baum in der Nacht ausstrahlte. Doch als er am nächsten Morgen erwachte, war der Baum immer noch da, stark und unerschütterlich. Der Wind war zwar stürmischer geworden, doch Nussi wusste, dass er den Winter überstehen würde. Der Baum, der ihn mit seiner Weisheit umhüllt hatte, würde ihm den Mut geben, auch die härtesten Zeiten zu überstehen.

Er kletterte zurück nach unten, in den vertrauten Wald, wo er seine Vorräte auffüllte und sich auf die kommenden kalten Monate vorbereitete. Doch immer wenn der Wind durch die Äste des Mammutbaums wehte, konnte er sich an die leisen Worte des Baumes erinnern: „Es gibt immer einen Herbst nach dem Sommer."

Und so kehrte Nussi immer wieder zu diesem Baum zurück. Nicht nur, um Vorräte zu sammeln, sondern um die Ruhe zu finden, die er in den Ästen des alten Baumes spürte – ein Frieden, der tief im Herzen des Waldes verborgen lag.

Jesu Reise nach Libyen

Maria sprach oft mit Jesus von ihrer Familie, die in Libyen Zuflucht gesucht hatte. Es waren nahe Verwandte, die der Bedrohung und den ständigen Konflikten in Jerusalem entkommen wollten. Nach Jahren der Fremdherrschaft und Rebellion gegen die römische Besatzung hatten sie gehofft, in Libyen ein neues Leben ohne die bedrückende Präsenz römischer Soldaten und die doppelte Steuerlast zu finden. In Jerusalem hatte Herodes, der von Rom eingesetzte König, zusätzliche Steuern eingeführt, die viele jüdische Familien in die Armut drängten. Für die meisten blieb kaum genug, um ihre Familien zu ernähren oder ihren Glauben zu leben.

Libyen, speziell die Stadt Kyrene, hatte eine wachsende jüdische Gemeinschaft, die sich in einfachen Hütten am Stadtrand niedergelassen hatte. Die meisten lebten als Bauern und Hirten, ein einfaches, aber entbehrungsreiches Leben. Doch auch hier, in der vermeintlichen Ruhe, war die römische Macht unübersehbar. Bereits 96 v. Chr. hatte Rom die Kyrenaika erworben, nachdem Ptolemaios Apion, der letzte Herrscher dieses Gebiets, ohne Erben gestorben war und es der römischen Republik vermacht hatte. So geriet auch dieses Land langsam unter die Kontrolle der Römer. Und im Jahr 30 v. Chr., als Ägypten ebenfalls in römische Hände fiel, reichte der Einfluss Roms tief in die Wüstengebiete Nordafrikas.

Für die jüdische Gemeinschaft bedeutete dies, dass der lang ersehnte Frieden auch hier schwer zu finden war. Die Römer verlangten Abgaben und kontrollierten die Handelswege, die das Überleben sicherten. Einfache Bauern und Hirten mussten einen großen Teil ihres Ertrags abgeben, oft mehr, als sie sich leisten konnten. Das Leben wurde von der Sorge überschattet, die karge Ernte könnte nicht ausreichen, um die Familie durch den nächsten Winter zu bringen. Die Hoffnung, in Libyen ein Leben frei von römischer Unterdrückung zu führen, war einer bitteren Ernüchterung gewichen.

Dennoch blieben die jüdischen Gemeinden in Kyrene und den umliegenden Gebieten stark im Glauben verwurzelt. Die Synagogen waren für sie nicht nur Orte des Gebets, sondern auch der Zusammenkunft und des Trostes, wo Geschichten von der Heimat und dem verheißenen Land Israel weitergegeben wurden. Sie hielten an ihrer Tradition fest, fanden Kraft in ihren heiligen Schriften und hofften weiter auf eine bessere Zukunft – auf ein Land, das sie in Frieden bewirtschaften und ihren Glauben leben konnten, frei von der Bedrohung durch fremde Mächte.

Die Unterstützung, die Maria einst von ihrer Schwester Anna erhalten hatte, war für die junge Familie von unschätzbarem Wert gewesen. Mit dem geliehenen Geld konnte Joseph sich in Nazareth als Zimmermann niederlassen, ein bescheidener Anfang, der jedoch das Fundament für eine sichere Zukunft gelegt hatte. Nun, da sein Geschäft erfolgreich lief und die Werkstatt mehr Aufträge bekam, konnte die Familie die Schuld mit Zinsen zurückzahlen – ein Zeichen des Respekts und der Dankbarkeit für die großzügige Hilfe in einer Zeit, als sie selbst wenig besaßen.

Jesus hatte sich freiwillig bereit erklärt, den Betrag persönlich nach Libyen zu bringen, um die Verbindung zur Verwandtschaft und deren Unterstützung zu würdigen. Seine Reise begann nach der ersten Regenzeit, als das Land wieder zu grünen begann und die Straßen passierbarer waren. Ende März brach er von Nazareth auf, mit nur wenigen Habseligkeiten und etwas Reiseproviant. Es war eine weite Strecke bis nach Kyrene, dem Ort, an dem seine Verwandten vermutet wurden. Doch die genaue Lage war ungewiss, da es seit Jahren keinen Kontakt mehr gab. Jesus wusste, dass er auf dem Weg nach Anna und ihrer Familie nach Hinweisen und Wegweisern fragen müsste.

Die Reise war mehr als ein bloßer Besuch bei Verwandten – es war eine Gelegenheit für Jesus, in ferne Gebiete zu reisen, andere Menschen zu treffen und sein eigenes Verständnis für die Herausforderungen, Hoffnungen und Nöte seiner jüdischen Mitmenschen zu erweitern. Sein Weg würde ihn durch die vielfältigen Landschaften des Römischen Reiches führen, über Handelsrouten, Dörfer und Städte, wo er die Gelegenheit hatte, sein Wissen und seine Botschaft mit anderen zu teilen und ihre Geschichten zu hören.

Die Reise nach Libyen führte Jesus über eine lange Strecke, rund 1000 Meilen von Nazareth bis zur Grenze und noch etwa 500 Meilen, je nach Zielort. Da er wusste, dass die Hitze im Inland drückend sein konnte, wählte er den Weg entlang der Küste. Dieser war kühler und angenehmer, wenn auch karg und nur spärlich besiedelt. Er wanderte zunächst bis nach Caesarea, einer Hafenstadt, die er bereits von früheren Reisen kannte. Hier brauchte er etwa 12 Stunden. Caesarea war ein wichtiger Punkt auf der Handelsroute nach Persien und ein Knotenpunkt für Fracht aus Libyen. Der römische Einfluss war hier überall zu spüren, und die Stadt profitierte stark von den Zöllen, die durch den Handel erwirtschaftet wurden.

Jesus begann, sich in den Tavernen und am Hafen nach einer Mitfahrgelegenheit umzusehen, um die lange Strecke über das Mittelmeer abzukürzen. Schließlich fand er eine Möglichkeit: Ein griechisches Handelsschiff würde mit Fracht nach Susah segeln, einer Hafenstadt in Libyen. Von dort aus wollte er den Weg nach Kyrene zu Fuß zurücklegen. Kyrene, ein Ort, von dem er oft in Jerusalem gehört hatte, war bekannt für seine jüdische Gemeinde und eine Anlaufstelle für jene, die neue Wurzeln schlagen wollten. Jesus, der als erfahrener Zimmermann auch unterwegs sein Handwerk nicht scheute, bot an, die Reise als Schiffsarbeiter anzutreten. Der Kapitän, der sowohl den Eigner als auch die Mannschaft unter sich hatte, nahm ihn gerne auf.

Das Schiff war ein solides griechisches Handelsschiff, mit einem Mast und Segeln, das sich trotz seiner groben Holzkonstruktion für die Überfahrt eignete. Es war ein älteres Schiff, doch gut gewartet, und Jesus fiel auf, dass es bereits einige Spuren der Jahre und des täglichen Gebrauchs trug. Die Mannschaft bestand aus dem Kapitän und zwei weiteren Schiffsleuten, die einfache, aber harte Aufgaben übernahmen. Jesu Erfahrung im Umgang mit Holz war hier eine große Hilfe; der Kapitän wies ihn sofort an, die Rumpfkonstruktion zu prüfen und undichte Stellen auszubessern, um die Ladung zu schützen.

Die Reise begann am nächsten Morgen. Das Schiff setzte zunächst Kurs aufs offene Meer und drehte dann westwärts, immer entlang der Küste. Jesus widmete sich seiner Aufgabe, das Holz abzudichten, besonders in der Nähe des Laderaums, in dem die kostbaren Waren gelagert waren. Ein Aufenthalt in Alexandrien, dem pulsierenden Zentrum Ägyptens und des östlichen Mittelmeers, brachte zusätzlichen Frachtumschlag. Hier wurde besonders wertvoller Wein in Amphoren verladen, ein Handelsgut, das Jesus zuvor nie so nah gesehen hatte. Die Amphoren wurden sorgfältig an Bord verstaut, da jede Beschädigung den Inhalt verderben konnte. Der Kapitän, sichtlich stolz auf den neuen Frachttausch, erklärte, dass dieser Wein in Kyrene guten Gewinn bringen würde.

Jesus konnte sich während der Fahrt meist auf seine Arbeit konzentrieren. Er überprüfte regelmäßig den Schiffsrumpf, fand undichte Stellen und flickte sie, um die Fracht vor Wasserschäden zu schützen. Seine Hingabe blieb dem Kapitän nicht verborgen, der ihn beobachtete und seine Arbeit lobend anerkannte. Die beiden Schiffsleute waren neugierig und versuchten, Näheres über Jesu Herkunft und sein Reiseziel zu erfahren. Doch Jesus, der sein eigenes Ziel und seine Geschichte lieber für sich behielt, lenkte das Gespräch oft geschickt auf andere Themen oder erzählte allgemeine Geschichten von den Dörfern, die er bereist hatte.

Nach einigen Tagen erreichte das Schiff Alexandrien, wo es für die neue Fracht beladen wurde. Dort gab es neben Wein noch andere wertvolle Güter wie Olivenöl, die ebenfalls sicher verstaut werden mussten. Anschließend setzte das Schiff die Reise in Richtung Libyen fort. Die Route führte entlang der Küste, was die Fahrt bei gutem Wind stabil und zügig machte. Die gesamte Strecke nach Susah, etwa 500 Meilen, würde bei gutem Wind etwa zehn Tage in Anspruch nehmen.

Kurz vor ihrer Ankunft kam der Kapitän zu Jesus und bot ihm an, als Zimmermann an Bord zu bleiben. Ein Handwerker mit Jesu Geschick und Ruhe war selten, und der Kapitän hätte seine Fähigkeiten gern für weitere Fahrten an Bord gehabt. Doch Jesus lehnte freundlich ab. Er erklärte, dass seine Reise nach Kyrene ihn noch zu anderen Aufgaben führen würde, und dass dies eine Aufgabe sei, der er mit tiefer Überzeugung folgen müsse. Der Kapitän, von der Ernsthaftigkeit in Jesu Worten beeindruckt, nickte respektvoll und wünschte ihm eine gute Weiterreise.

Bei der Ankunft in Susah half Jesus beim Entladen der Waren und ver-abschiedete sich von der Mannschaft. Die Männer, die ihm inzwischen ans Herz gewachsen waren, wünschten ihm alles Gute, und Jesus machte sich auf den Weg nach Kyrene. Es waren nur noch etwa 10 Meilen, und er legte die Strecke zu Fuß in rund zwei Stunden zurück. Als er in Kyrene ankam, war der Tag bereits weit fortgeschritten. Er suchte eine Taverne, um eine Unterkunft für die Nacht zu finden und eine warme Mahlzeit zu sich zu nehmen.

In der Taverne traf er die beiden Schiffsleute wieder, die ebenfalls in Susah eine Unterkunft gefunden hatten und von der rauen Seefahrt erschöpft waren. Die Männer, hungrig und neugierig, setzten sich zu Jesus und hoff-ten, einen Teil seines Essens abzubekommen. Sie hatten gehört, dass Jesus für seine Arbeit entlohnt worden war, und vermuteten, er könnte mit großzügigeren Rationen ausgestattet sein. Jesus, der nichts gegen die Gesellschaft der Männer hatte, zeigte sich großzügig und teilte sein Mahl. Zufrieden und gestärkt, ließen die beiden Schiffsleute schließlich von ihm ab. Jesus legte sich zur Ruhe, den Geldgürtel sicher unter seinem Kopf, in der Gewissheit, dass er morgen ausgeruht seine Reise fortsetzen konnte.

Am nächsten Morgen, als die Sonne den Horizont färbte, setzte Jesus seinen Weg nach Kyrene fort. Nur noch wenige Meilen trennten ihn von der Stadt, und sein erster Anlaufpunkt war die Synagoge, die er kurz nach seiner Ankunft erreichte. Dort erkundigte er sich bei dem Synagogen-diener nach Anna von Betlehem, seiner Verwandten. Der Synagogen-diener, der Anna kannte, bestätigte, dass sie mit ihrer Familie am Stadt-rand wohnte, und beschrieb Jesus den Weg dorthin.

Mit dieser Information machte sich Jesus auf den Weg durch die geschäf-tigen Straßen von Kyrene, die im pulsierenden Zentrum von Marktständen und Handelsgeschäften gesäumt waren. Kyrene war ein bedeutender Handelsplatz, wo Olivenöl, Wein, Vieh und Wolle gehandelt wurden, und viele Menschen aus der Region und weit darüber hinaus kamen hier zusammen. Während er sich weiter vom Zentrum entfernte, ließ das rege Treiben allmählich nach, und die Straßen wurden ruhiger.

Schließlich erreichte Jesus das ruhigere Ende der Stadt, wo das Haus von Anna lag. Plötzlich kam ihm ein junger Mann entgegen: Simon, der etwa zwanzigjährige Sohn Annas, zeigte ihm die typische Gastfreundschaft der Familie. Mit einem freundlichen Lächeln begrüßte Simon ihn und führte ihn ins Haus. Dort brachte er ihm Wasser, um seine Füße zu waschen, eine Geste der Wertschätzung und Gastfreundschaft, die im jüdischen Brauchtum tief verwurzelt war. Simon reichte ihm außerdem ein Stück Brot und ein Getränk, und bald gesellten sich Anna und einige ihrer Kinder zu ihnen.

Simon, der mehrere Sprachen sprach, darunter Aramäisch, unterhielt sich mühelos mit Jesus, der von seiner Familie und seiner langen Reise erzählte. In diesem warmen Empfang spürte Jesus sofort die Verbundenheit zur Familie und die Bereitschaft, ihm zuzuhören und seine Botschaft aufzunehmen. Anna und ihre Familie waren gespannt auf die Geschichten, die Jesus mitgebracht hatte, und freuten sich, einen Verwandten aus der fernen Heimat zu empfangen. Die Familie hatte sich schon vor Jahren in Kyrene niedergelassen, nachdem Josef, der Vater, sie über Ägypten nach Libyen geführt hatte, um der römischen Besatzung und der doppelten Steuerlast zu entkommen. Simon und seine Geschwister waren in Kyrene geboren und kannten das Leben in dieser Diaspora-Gemeinde gut, wo Menschen unterschiedlicher Herkunft zusammenlebten, darunter viele Juden.

Im Laufe des Gesprächs erzählte Jesus von seiner Herkunft und der Berufung, die er in sich trug. Er sprach von seiner Überzeugung, dass er gesandt sei, um die Menschen zurück zu Gott zu führen und sie von den Ketten der Sünde zu befreien. Diese Lehre war neu für die Familie, und besonders Simon lauschte fasziniert den Worten Jesu. Anna, die älteste Tochter, und Josef folgten dem Gespräch gespannt, während Jesus von seinem Glauben und seinem Vorhaben sprach, ein neues Verständnis von Gottes Liebe zu vermitteln.

Gegen Abend kam Josef, der Vater, nach Hause. Er war ein angesehener Mann in Kyrene, sowohl als Zöllner und Bankier als auch als Prediger in der Synagoge der jüdischen Gemeinde. Mit großer Herzlichkeit begrüßte er Jesus, und die Familie setzte sich gemeinsam zu einer Mahlzeit. Jesus übergab Josef den Betrag, den Maria ihm für Anna und die Familie mitgegeben hatte. Josef bedankte sich und bot Jesus an, so lange bei ihnen zu bleiben, wie er wollte.

Nach dem Essen kamen sie noch einmal zusammen, und das Gespräch wandte sich dem Thema des Glaubens zu. Josef erzählte, dass er eine tiefe Verbundenheit mit den Schriften hatte und mit den Lehren der Zeloten sympathisierte, einer Gruppe, die den Glauben an eine politische Befreiung durch göttliches Eingreifen fest verankert hatte. Jesus erklärte jedoch ein anderes Verständnis: Das Reich Gottes sei nicht durch äußere Gewalt oder politische Befreiung zu erreichen, sondern liege im Inneren eines jeden Menschen und könne durch Glaube und Nächstenliebe gelebt werden.

Diese Botschaft erstaunte Josef und seine Familie, und besonders Simon war tief beeindruckt. Er spürte, dass Jesu Worte mehr als eine Philosophie waren, sie enthielten eine Kraft, die das Herz der Menschen erreichen konnte. Simon erkannte, dass Jesus eine außergewöhnliche Person war, dessen Überzeugungen weit über das Alltägliche hinausreichten.

Die Familie diskutierte die ganze Nacht über diese neuen Ideen, und Simon hörte aufmerksam zu. Obwohl die Lehren Jesu zuweilen dem widersprachen, was die Zeloten in Kyrene verkündeten, sah Simon in Jesu Worten eine tiefere Wahrheit. Er fühlte eine besondere Verbundenheit mit Jesus und beschloss, dass er, wenn die Zeit reif war, Jesus unterstützen würde.

Am nächsten Morgen verabschiedete sich Jesus herzlich von der Familie. Simon versprach, ihn in Jerusalem zu besuchen, um dort den Glauben weiter zu vertiefen und mit den Schriftgelehrten zu diskutieren. Jesus nahm die Einladung mit Freude an und lud Simon dazu ein, die kommende Zeit im heiligen Land zu nutzen, um Gott auf eine neue Weise zu erfahren.

Nach einem letzten Abschied setzte Jesus seine Reise fort. In der Hafenstadt Tobruk fand er das Handelsschiff, das ihn nach Caesarea zurückbringen würde. Der Kapitän und die beiden Matrosen waren erfreut, ihn wiederzusehen. Nach einer ruhigen Überfahrt erreichte Jesus Caesarea und kehrte von dort nach Nazareth zurück. In seinem Herzen trug er die Eindrücke und Begegnungen dieser Reise mit sich – und das Wissen, dass er in Simon von Kyrene einen zukünftigen Wegbegleiter gefunden hatte, der in einem entscheidenden Moment seines Lebens an seiner Seite stehen würde.

Diese Reise hatte seine Botschaft und seine Mission bereichert. In der Begegnung mit Anna, Josef und besonders mit Simon fand Jesus nicht nur Unterstützung, sondern eine neue Bestätigung für seine Aufgabe, den Menschen zu dienen und den Weg zu Gott zu weisen. Seine Worte und seine Taten würden noch viele Leben berühren und auf immer in Erinnerung bleiben.

Eine Reise durch die Zeit

McGulliver befand sich im Weltraumbahnhof der Deutschen Luft- und Raumfahrt. Es war ein futuristischer Ort, an dem modernste Technik und Zeitforschung aufeinandertrafen. Seine Aufgabe war es, die Zeitstrahlen, die für Zeitreisen zur Verfügung standen, weiter zu optimieren. Bislang war es lediglich möglich, bis in das Jahr 1 v. Chr. zurückreisen. Doch McGulliver hatte größere Pläne. Er wollte noch weiter in die Vergangenheit vordringen – und zwar weit zurück, bis in das Jahr 3000 v. Chr. Denn er war der Meinung, dass eine Reise davor zu gefährlich wäre, hauptsächlich wegen der Sintflut, die zur Zeit Noahs stattfand. Es gab viele Theorien, aber die meisten Forscher spekulierten, dass diese katastrophale Flut irgendwo zwischen 1800 und 7500 v. Chr. stattgefunden haben könnte. Ein Zeitraum, den McGulliver lieber meiden wollte.

Um das Risiko eines solchen Naturereignisses zu umgehen, wählte er als Maßstab den Zeitraum von 2500 v. Chr., einen Zeitpunkt, der in der wissenschaftlichen Gemeinschaft als relativ sicher galt. Er hatte keinen Wunsch, mitten in einer globalen Katastrophe zu landen. Um nicht unnötig weit ins All zu reisen, kappte McGulliver die Zeitstrahlen exakt auf Höhe des Weltraumbahnhofs. Jetzt musste er systematisch vorgehen, um den passenden Zeitstrahl zu finden. Dies tat er mithilfe einer detaillierten Zeitanalyse, die speziell für solche Zeitreisen entwickelt wurde. Die Zeitstrahlen existierten nur für die Vergangenheit – für die Zukunft gab es noch keine Daten. Daher konzentrierte sich McGulliver auf den Zeitraum um 2500 v. Chr.

Das Chronometer war so programmiert, dass es diese Daten auslesen und die Reise exakt berechnen konnte. Diese Informationen wiederum beeinflussten den Antrieb des Raumzeitgleiters, den McGulliver zusammen mit seinem Kollegen Rienhard entwickelt hatte.

Als die Berechnungen abgeschlossen waren, schickte McGulliver eine SMS an Rienhard, um ihm mitzuteilen, dass er ihn nun am Flughafen abholen konnte. Richard, der Chef des Instituts, hatte das Projekt bereits genehmigt. Der Spezialauftrag vom Deutschen Wetterdienst (DWD), der die Forschung finanzierte, war der Schlüssel. Der Grund, warum McGulliver die Zeitstrahlen modifizieren wollte, war einfach: Es würde sowohl Zeit als auch Geld sparen.

McGulliver stieg in den Raumzeitgleiter und landete kurz darauf am Flughafen in Stuttgart. Dort wartete Rienhard bereits auf ihn. Zusammen nahmen sie noch Getränke und Essen mit an Bord, um auch die Basis im Jahr 750 v. Chr. zu versorgen. Nach den letzten Vorbereitungen starteten sie schließlich. Richard, der Chef, hatte ihnen alles Gute für die Reise gewünscht, denn dieser Auftrag war von enormer Bedeutung und konnte zu weiteren Projekten und Aufträgen führen.

Im Jahr 750 nach Christus angekommen, landeten Rienhard und McGulliver sicher und wurden von ihren Kollegen in der Basis herzlich begrüßt. Neben den bekannten Gesichtern erwartete sie ein neues Mitglied im Team: eine Frau, die sich um die geologische Forschung der Basis kümmerte. Schnell gingen sie zur Besprechung über, um ihre weitere Vorgehensweise zu planen. Ihr Ziel war die Basis im Jahr 5 vor Christus, ein großer Sprung zurück in die Zeit. Von dort wollten sie sich in 500-Jahres-Schritten bis zum Jahr 3000 vor Christus vorarbeiten. Die schrittweise Annäherung sollte ihnen die Möglichkeit geben, ihre Systeme und die Umgebung genau zu überprüfen und anzupassen. Dabei lag die gesamte Verantwortung auf der exakten Programmierung des Zeitgleiters, denn nur so konnte ihre komplexe Reise sicher verlaufen.

Nachdem alles besprochen war, setzten sie ihre Reise zur Basis im Jahr 5 vor Christus fort. Diese Basis war unbemannt, sodass sie dort zunächst vorsichtig anlegten und eine Inspektion durchführten. Glücklicherweise war alles in gutem Zustand, und keine Reparaturen waren nötig. Als alles überprüft war, starteten sie zur nächsten Etappe – in eine Vergangenheit, die immer mysteriöser wurde.

Im Jahr 2500 vor Christus angelangt, landeten sie in der Nähe der Schwäbischen Alb, unweit des Schwarzwaldes. Die Frage, wie die Welt hier wohl vor 2500 Jahren aussah, beschäftigte sie beide. Gab es hier bereits Menschen? Welche Spuren würden sie finden? McGulliver steuerte den Gleiter vorsichtig nach dem Chronometer, das ihnen die Zeit und Lage anzeigte. Nach kurzem Suchen entdeckte er eine geeignete Lichtung, auf der sie landen konnten.

Kaum angekommen, begannen sie mit der Erkundung. McGulliver übernahm die Untersuchung der näheren Umgebung, während Rienhard das Skyboard auspackte, um eine größere Strecke zu erforschen. Zur Sicherheit schalteten sie den Peilsender am Zeitgleiter ein, damit Rienhard den Weg zurück leicht finden konnte. Abends trafen sie sich vor dem Gleiter und tauschten ihre Beobachtungen aus.

„Also, mir scheint, wir sind in der Jungsteinzeit gelandet," sagte McGulliver nachdenklich. „Das Klima ist warm und feucht, ganz anders als in unserer Zeit." Rienhard nickte zustimmend und berichtete: „Ich habe ausgedehnte Wälder, klare Seen und Flüsse gesehen. Auch Ablagerungen von Gletschern sind noch vorhanden. Und auf einem Hügel habe ich Rauch aufsteigen sehen, vermutlich von einer Feuerstelle."

Beide vertrauten darauf, dass ihr Chronometer die Zeit korrekt anzeigte und dass sie im gewünschten Jahr gelandet waren. Nach einem langen Tag kehrten sie zum Gleiter zurück, wo McGulliver das Zieljahr 3000 vor Christus einstellte. Gespannt starteten sie die nächste Zeitreise, wohl wissend, dass die Sintflut eine ernsthafte Bedrohung darstellen könnte. Die Landung gelang, und dieses Mal kamen sie etwas abseits ihres bisherigen Landeplatzes auf einer anderen Lichtung an. Da es schon spät war und der Juni ihnen eine kurze Nacht und einen langen, sonnigen Tag versprach, beschlossen sie, die weiteren Untersuchungen auf den nächsten Morgen zu verschieben. Nach einer einfachen Mahlzeit und einem kühlen Getränk legten sie sich schlafen – bereit, am nächsten Tag die Vergangenheit noch tiefer zu ergründen.

Am nächsten Morgen standen McGulliver und Rienhard früh auf, um den Zeitplan einzuhalten. Als Erstes meldete sich McGulliver per Funk bei Richard im Kontrollzentrum und schilderte ihm die Situation vor Ort. Richard konnte dadurch alle Schritte mitverfolgen und sorgte dafür, dass für einen Notfall am Raumbahnhof ein Ersatzzeitgleiter jederzeit startbereit stand. Die Zeitstrahlanalysen zeigten, dass sie tatsächlich im Jahr 3000 vor Christus angekommen waren – die optimale Zeitspanne für ihre Untersuchungen. Richard gab die Arbeit für den Deutschen Wetterdienst (DWD) frei, der die Mission unterstützte und jede ihrer Aktionen sorgfältig überwachte.

Ihre erste Aufgabe bestand darin, alle Sensoren zu platzieren: einige im Boden, andere auf Baumstämmen und Ästen, und einige auch auf höheren Ebenen, um umfassende Messungen zu gewährleisten. Während McGulliver am Zeitgleiter arbeitete und die Basistechnik überprüfte, machte sich Rienhard auf seinem Skyboard auf den Weg, um die weitere Umgebung zu erkunden. Der Peilsender im Gleiter hielt ihn in ständigem Kontakt, sodass McGulliver seine Position verfolgen konnte.

Rienhard flog mit dem Skyboard Richtung Schwäbische Alb, die sich bis auf 800 Meter erhob. Auf seinem Handy hatte er eine Karte der Region gespeichert, und er orientierte sich in Richtung Hölnstein, einem Gebiet voller Höhlen. Dort floss auch die Lauchert – damals größer als in seiner eigenen Zeit. Vorsichtig näherte sich Rienhard den Höhlen und behielt die Wasserläufe im Blick, als plötzlich Bewegung am Höhleneingang seine Aufmerksamkeit erregte. Zwei Menschen standen dort und unterhielten sich. Neben ihnen hielten zwei Hunde aufmerksam Wache. Rienhard schob sich vorsichtig näher, bis auf zehn Meter, und legte sich einen kräftigen Ast zurecht, um sich im Notfall verteidigen zu können. Dann schaltete er sein Handy ein, um das Gespräch aufzunehmen und später zu analysieren.

Doch plötzlich drehte der Wind, und die Hunde nahmen Witterung auf. Mit einem Mal liefen sie auf Rienhard zu, laut bellend und knurrend. Doch Rienhard reagierte schnell und zielte mit dem Ast auf ihre empfindlichen Nasen. Der Schlag traf, und die Hunde wichen winselnd zurück und flüchteten in die Höhle. Die beiden Menschen beobachteten das Geschehen aufmerksam. Rienhard blieb reglos und hielt sich bereit, im Notfall schnell auf sein Board zu springen. Dann hörte er Rufe aus der Höhle – offenbar wurden noch weitere Personen herbeigerufen.

Rienhard nutzte die Gelegenheit und fotografierte die Szene. Plötzlich bemerkte er, wie einer der Männer sich entschlossen in seine Richtung bewegte. Der Fremde stand bald direkt vor ihm – beide musterten sich schweigend. Rienhard, mit blauen Augen und ohne Bart, stand dem Mann mit dunklen Augen, dichtem Bart und markanter Stirn gegenüber. Der Fremde hob seinen Speer, doch bevor er zustoßen konnte, startete Rienhard blitzschnell sein Skyboard und düste direkt auf ihn zu. Der Mann wich zur Seite, und Rienhard nahm scharf die Kurve, entkam der drohenden Gefahr und machte sich eilig auf den Rückweg zum Zeitgleiter.

Unterwegs fiel ihm auf, dass das Peilsignal plötzlich verstummt war. Er hielt an und überprüfte sein Gerät: Die Batterie des Handys war fast leer, wodurch die Verbindung unterbrochen worden war. Bevor das Gerät sich abschaltete, notierte er die gespeicherten Koordinaten und richtete das Navigationssystem seines Boards neu aus. Mit Hilfe der Kompassanzeige plante er die etwa 20 Meilen (rund 32 Kilometer) lange Strecke zurück zum Zeitgleiter. Bald war er zurück, und Allister erwartete ihn bereits am Gleiter und wertete Daten an seinem Laptop aus.

Rienhard schilderte die Begegnung mit den Menschen und Hunden, und Allister hörte aufmerksam zu, während er nebenbei die Daten der Sensoren überprüfte. Der Tag war heiß und die Luft feucht, fast wie im Regenwald. Während seiner eigenen Arbeit in der Umgebung war Allister auf Schlangen und Spinnen gestoßen, die zwischen den Bäumen und Sensoren hindurchschlängelten. Doch die Platzierung der Geräte verlief insgesamt problemlos.

„Hast du auch oben auf der Alb Sensoren platziert?" fragte Allister schließlich. Rienhard schüttelte den Kopf. „Bei all dem Trubel mit den Hunden und den Menschen habe ich es vergessen." Allister nickte nachdenklich. „Dann müssen wir morgen wieder hin – die Messwerte von dort oben sind entscheidend. Es sind immerhin fast 1000 Meter über dem Meeresspiegel."

Nach einem langen Tag mit aufregenden Erlebnissen bereiteten sie gemeinsam das Abendessen zu. Die Dunkelheit brach herein, und beide waren erschöpft. Nach der Mahlzeit zogen sie sich in den Gleiter zurück, um sich für den nächsten Tag auszuruhen und neue Energie zu tanken.

Am folgenden Morgen frühstückten Allister und Rienhard und besprachen den Tagesplan. Beide überprüften ihre Ausrüstung: Allister holte sein Skyboard hervor, während Rienhard sicherstellte, dass sein Handy geladen und der Peilsender aktiv war. Dann machten sie sich auf den Weg. Kurz vor ihrem Ziel hielt Rienhard an und wies auf die Höhlen oberhalb. Die Höhleneingänge waren gut sichtbar. Sie beobachteten die Szene eine Weile aus der Ferne, bevor sie sich vorsichtig näherten, jeder mit seinem Board im Schlepptau und einer leichten Bewaffnung für den Notfall – vor allem wegen der Bären, die in dieser Gegend vorkamen.

Als sie den Höhleneingang erreichten, war alles still. Um unentdeckt zu bleiben, streiften sie ihre speziellen Ponchos über, die sie vor den Augen anderer verbargen, auch wenn sie die Bewegungsfreiheit etwas einschränkten. In geduckter Haltung schlichen sie an den Höhleneingang und spähten hinein. Die Höhle lag im Halbdunkel, und so tasteten sie sich an der rechten Wand entlang, bis sie zur Höhlenmitte kamen, wo sanftes Tageslicht von der rechten Seite hereinfiel und einen zweiten Ausgang beleuchtete. Hier legten sie ihre Ponchos ab – die Höhle schien leer zu sein.

Es war jedoch klar, dass die Bewohner nur kurz fort waren: Die Feuerstelle zeigte noch einen schwachen Glutrest, und einige einfache Gebrauchsgegenstände lagen verstreut umher. Allister untersuchte die Umgebung genauer und konnte anhand der Lagerstellen in der Höhle abschätzen, dass hier etwa sechs Menschen lebten. In einer Ecke lagen mehrere Bündel aus Bärenfellen, und neben dem Feuerplatz standen Tongefäße – frühe, handgeformte Behälter, noch keine verarbeitete Keramik.

Plötzlich hörten sie ein leises Hüsteln, tief aus der Höhle. Rienhard leuchtete mit seiner Taschenlampe in die Dunkelheit, und bald entdeckte er die Quelle des Geräuschs: eine Frau, zusammengekauert am Boden, zitternd vor Angst. Als ihre Blicke sich trafen, hob die Frau flehend die Hände, als wollte sie um Schonung bitten. Rienhard brachte beruhigend einen Finger an seine Lippen und sprach sanft: „Keine Angst, wir tun dir nichts."

Draußen vor der Höhle war auf einmal lautes Getöse zu hören. Allister sah sich mehreren Männern gegenüber, die ihn misstrauisch umkreisten. Sie schienen entschlossen, ihn zu vertreiben, doch Allister zog sein Lichtschwert und hielt es zur Abschreckung hoch. Trotzdem rückten die Männer weiter auf ihn vor, offenbar wenig beeindruckt.

In dem Moment kam Rienhard zur Höhle hinaus, zog seine Pistole und feuerte zwei Schüsse in die Luft. Die Männer hielten abrupt inne und wichen zurück, sichtlich erschrocken. Um ihnen zu zeigen, dass sie friedliche Absichten hatten, verbeugte sich Rienhard leicht vor ihnen, und Allister folgte seinem Beispiel. Sie begannen ein einfaches Lied zu summen, was die Spannung deutlich löste. Neugierig traten die Menschen näher und berührten vorsichtig ihre seltsame Kleidung und Ausrüstung. Schließlich trat auch die Frau aus der Höhle und deutete auf ihren Mund – offenbar hatte sie starke Zahnschmerzen.

Allister, der geahnt hatte, dass ein medizinischer Notfall eintreten könnte, hatte eine kleine Notfallausrüstung dabei. Er bat die Frau, den Mund zu öffnen, und entdeckte einen vereiterten Backenzahn. Mit beruhigender Geste zeigte er ihr, dass er helfen würde. Die Frau wirkte erstaunlich ruhig, als Allister ihr eine Betäubungsspritze verabreichte. Dann holte er eine Zange hervor und gab ihr ein Zeichen, sich hinzusetzen. Rienhard hielt ihren Kopf sanft, während einer der Männer eine Taschenlampe an Allister weiterreichte, um den Mund der Frau auszuleuchten.

Allister setzte die Zange vorsichtig an den betroffenen Zahn an, nahm einen festen Griff und zog mit einem kurzen Ruck. Der Zahn löste sich, und Allister desinfizierte die Wunde und legte ein kleines Stück Watte in die Zahnlücke. Die Frau rieb sich erleichtert die Wange, spürte die Schmerzfreiheit und nickte zufrieden. „Tutto", murmelte sie, ein Ausdruck, der wie „gut" klang, und dann lachten alle erleichtert.

Die Anspannung war gelöst, und sie setzten sich im Kreis vor die Höhle, während die einheimischen Männer versuchten, mit Gesten und Zeichen zu kommunizieren. Die Verständigung gestaltete sich schwierig, doch dann hatte Rienhard eine Idee: Er zog seine Mundharmonika hervor und spielte eine einfache Melodie.

Rienhard holte seine Mundharmonika hervor, und die fremden Menschen blickten neugierig auf das kleine Instrument in seinen Händen. Er begann zu spielen und setzte ein altes, einfaches Lied an, das die Menschen ringsum begeisterte. Allister stimmte bald darauf ein, und sie sangen zusammen die erste Strophe:

1. Strophe: Sunne, Sunne, schei schee warm,
mach die Erde fruchtbar ond zam.

Als sie den Refrain erreichten, klatschten die Fremden in den Takt, spürten den Rhythmus und begannen, leise mitzusummen:

Refrain:
Mir singat ond danzet uns zur Freud,
Mir singat und spielat mit alle Leut.

Rienhard ließ ein paar Takte klingen, bevor sie zur zweiten Strophe über-
gingen. Er spielte jetzt mit mehr Schwung, und Allister sang mit kräftiger
Stimme, die in der Höhle widerhallte:

2. Strophe:
Jaget mit Bogen, fischet im See,
vergesset den Speer net, sonst ist alles passee.

Refrain:
Mir singat ond danzet uns zur Freud,
Mir singat und spielat mit alle Leut.

Nun schienen auch die fremden Männer die Freude des Liedes zu spüren,
und ein paar von ihnen standen auf, klatschten im Takt und bewegten sich
vorsichtig im Rhythmus der Melodie. Die Spannung war endgültig ver-
flogen, und so stimmten Rienhard und Allister gemeinsam die dritte Strophe an:

3. Strophe:
Sammelet Beere und Früchte, dazu des Holz au,
no habt ihr im Winter zum Essen ond warm wird's euch au.

Refrain:
Mir singat ond danzet uns zur Freud,
Mir singat und spielat mit alle Leut.

Mit einem strahlenden Lächeln schlossen sie das Lied ab, und Rienhard
spielte eine letzte Melodie auf der Mundharmonika. Die Menschen um sie
herum klatschten, lachten und begannen sich gegenseitig anzulächeln. Sie
hatten einen Moment des Friedens und der Freude geteilt – und damit
auch ein wenig Vertrauen aufgebaut.

Irgendwie verstanden sie das tatsächlich. Die Gruppe tanzte und freute
sich über die neue Verbindung. Dann verabschiedeten sich Rienhard und
Allister, deuteten auf ihren Weg zurück nach Hause und machten sich auf
den Weg zu ihren versteckten Skyboards. Mit diesen fuhren sie zum Zeitgleiter und bereiteten alles für die Rückreise vor. Sie planten, über das
Jahr 3000 vor Christus zu fliegen und dann direkt nach 2024 zu reisen.
Allister stellte das Chronometer auf 3000 Jahre zurück.

Der Gleiter hob ab und sie begannen ihre Zeitreise zurück. Für jede 1000 Jahre benötigten sie etwa einen Tag, und so vergingen drei Tage, bis sie ihr Zieljahr fast erreicht hatten. Doch am dritten Tag tauchte ein Problem auf: Ihr vertrauter Landeplatz war nicht mehr vorhanden. Noch bevor Allister reagieren konnte, fiel plötzlich der Strom aus, und das Notlicht sprang an. Eine Notlandung war unvermeidlich, aber ohne Verbindung zu Richard und ohne funktionierende Systeme war es riskant. Der Gleiter setzte hart auf – einige Bäume mussten dem Fahrwerk weichen, und schließlich kam er schräg zum Stillstand. Mit einem letzten Ruck waren sie unten.

Rienhard versuchte, die Auslasstüre zu öffnen, doch sie bewegte sich nicht. Allister überprüfte die Steuerkonsole und erkannte schließlich das Problem: Das Chronometer war in die falsche Richtung gelaufen – sie hatten sich in die Zeit verrechnet und waren im Jahr 6000 vor Christus gelandet, genau das, was sie vermeiden wollten. Von dem erwarteten Wasser fehlte jedoch jede Spur.

Zum Glück gab es am unteren Teil des Gleiters eine mechanisch zu öffnende Notfall-Luke. Rienhard zwängte sich hindurch und erkannte, dass der Gleiter schräg auf einem Felsvorsprung hing, in Baumwurzeln verhakt. Vorsichtig folgte ihm Allister nach draußen und stellte fest, dass die Ursache des Problems vermutlich in einem vollständigen Batterieausfall lag, womöglich durch eine äußere Störung. Zum Glück hatten sie ein Set Sonnenkollektoren dabei, die sie nun aufstellten, um die Batterien aufzuladen.

Während des Wartens machte Rienhard Klima- und Bodenmessungen. Es war Juni, der Sommer war nahe, doch die Temperaturen waren für die Jahreszeit mit nur 19 Grad eher kühl. Um sie herum erstreckte sich ein dichter, ursprünglicher Wald, die Natur unberührt und rau.

Um mehr von der Umgebung zu erkunden, ließ Allister eine Drohne steigen. Die Luftaufnahmen zeigten die vertrauten Bergrücken der Alb, unweit von ihrem vorherigen Landeplatz. Offensichtlich hatte ein Polwechsel stattgefunden, doch ansonsten schien alles in Ordnung.

Am nächsten Tag waren die Batterien wieder voll, und der Gleiter war einsatzbereit. Rienhard sammelte Bodenproben, während Allister das Chronometer erneut kalibrierte, um nun exakt 6000 Jahre in die Zukunft – also sechs Reisetage – zurückzukehren. Der Gleiter hob sanft ab und tauchte erneut in die Zeitschleife ein.

Während der Reise analysierte Allister die Drohnenaufnahmen, und beide hatten genügend Vorräte für die Rückreise. Schließlich fanden sie bei der Landung einen idealen Platz und setzten sanft auf. Rienhard ortete sofort den Peilsender der Basis 5 und stellte wieder Kontakt zu Richard her. Die Erleichterung war groß, und Richard informierte sie, dass der Polwechsel in den Chroniken des DWD vermerkt war – ein Detail, das ihre Reise offenbar beeinflusst hatte.

Zurück in der Basis werteten sie die letzten Details aus und bereiteten ihre Heimreise vor. Zwei Tage später landeten sie auf einem abgelegenen Teil des Flughafens, wo sie bereits erwartet wurden. Die Crew wurde herzlich begrüßt und durfte gleich ihre Abenteuer berichten. Die Nacht war erfüllt von Geschichten und Erlebnissen, bis schließlich alle erschöpft, aber zufrieden, in den Schlaf fielen.

Ein neuer Stern ist geboren

In einem malerischen Dorf, das von sanften Hügeln und weiten Feldern umgeben war, lebte ein Mädchen namens Lea. Schon als kleines Kind hegte sie den großen Traum, eines Tages auf einer großen Bühne zu stehen und mit ihrer Stimme die Herzen der Menschen zu berühren. Musik war ihre wahre Leidenschaft, und so verbrachte sie jede freie Minute damit, zu singen, zu tanzen und die Welt mit ihrer Kreativität zu bereichern.

Leas Zuhause war ein Ort voller Harmonie und Melodie. Ob beim Blumengießen im Garten, wenn die Sonne sanft auf die bunten Blüten schien, beim Keksebacken mit ihrer geliebten Oma oder beim abendlichen Einschlafen, während die Sterne hoch oben am Himmel funkelten – Lea fand stets einen Moment, ihre Stimme erklingen zu lassen. Ihre Familie und Freunde bewunderten nicht nur ihr außergewöhnliches Talent, sondern auch die Hingabe, mit der sie ihre Musik lebte. Die warmen, ermutigenden Worte ihrer Liebsten waren für sie wie ein stetiger Antrieb, ihren Traum zu verwirklichen und als Sängerin die große Bühne zu erobern.

In den Schulferien verbrachte Lea viel Zeit bei ihrer geliebten Oma Gertrud, die in einem charmanten, alten Haus am Rande des Dorfes lebte. Die beiden waren unzertrennlich, und Oma Gertrud war Leas größte Unterstützerin. Für Lea waren die Wochen bei Oma stets eine ganz besondere Zeit, denn in dem gemütlichen Keller des Hauses hatte sie sich ihr eigenes kleines Gesangsstudio eingerichtet. Der Keller war ein Ort der Ruhe und Kreativität, an dem sie sich ganz in ihre Musik vertiefen konnte. Es war ihr persönlicher Rückzugsort, in dem sie ungestört singen, üben und ihre Stimme weiterentwickeln konnte. Oma, immer geduldig und aufmerksam, war nicht nur eine Zuhörerin, sondern auch eine wertvolle Ratgeberin. Gemeinsam verbrachten sie zahllose Stunden damit, neue Lieder zu lernen und Leas Gesang zu perfektionieren.

Jahre des unermüdlichen Fleißes und der Hingabe zahlten sich schließlich aus. Leas außergewöhnliches Talent blieb nicht lange unbemerkt. Sie trat bei lokalen Gesangswettbewerben auf und gewann sie mühelos. Ihr kraftvoller Gesang und ihre eindrucksvolle Bühnenpräsenz begeisterten das Publikum immer wieder aufs Neue. Die warme Resonanz der Zuschauer stärkte ihr Selbstvertrauen, und ihr großer Traum, eines Tages beim Eurovision Song Contest teilzunehmen, rückte immer näher.

Als Lea schließlich alt genug war, nahm sie an der nationalen Vorentscheidung für den Eurovision Song Contest teil. Mit einem selbst geschriebenen Song, der ihre tiefsten Gefühle und Sehnsüchte widerspiegelte, trat sie auf die Bühne. Der Song, durchzogen von Emotionen und Ehrfurcht, berührte sowohl die Jury als auch das Publikum zutiefst. Es war ein magischer Moment, als ihr Name als Siegerin verkündet wurde und ihr der begehrte Titel „Vertreterin für den Eurovision Song Contest" überreicht wurde. Ihr Traum war endlich wahr geworden.

Die Reise zum Eurovision Song Contest war aufregend und von zahlreichen Herausforderungen geprägt. Lea traf talentierte Künstler aus aller Welt, probte unermüdlich an ihrem Auftritt und feilte an jedem Detail ihrer Performance. Der Druck war enorm, doch die einmalige Chance, die sich ihr bot, war überwältigend.

Der Abend des Finales stellte den Höhepunkt von Leas bisherigem Leben dar. Umgeben von einem Meer aus bunten Lichtern und jubelnden Gesichtern stand sie auf der Bühne und sang ihr Lied mit einer Leidenschaft und Intensität, die das Publikum in ihren Bann zog. Es war ein magischer Moment, als die Punkte vergeben wurden und Lea schließlich ihren Namen als Gewinnerin des Eurovision Song Contest hörte.

Leas Sieg war mehr als nur ein persönlicher Triumph – es war ein Sieg für alle, die an ihre Träume glauben. Sie inspirierte Menschen auf der ganzen Welt und zeigte, dass alles möglich ist, wenn man mit Hingabe und Ausdauer für seine Ziele kämpft.

Zurück in ihrem kleinen Dorf wurde Lea als Heldin gefeiert. Doch trotz des Ruhms blieb sie die bescheidene und bodenständige junge Frau, die sie immer gewesen war. Ihre Berühmtheit nutzte sie, um anderen zu helfen und ihre Musik als Botschafterin für Frieden und Verständigung einzusetzen.

Lea bewies, dass Träume wahr werden können. Ihre Geschichte ist ein leuchtendes Beispiel für Leidenschaft, Hingabe und den unerschütterlichen Willen, niemals aufzugeben. Sie wurde zu einem strahlenden Vorbild für junge Menschen weltweit, die von der Verwirklichung ihrer eigenen Träume träumen.

Die zwei Seiten einer Medaille

Jonas, ein junger Mann Anfang 20, war auf der ständigen Suche nach dem Sinn des Lebens. An einem trüben Abend saß er in seinem Zimmer, das schwache Licht seines Laptops beleuchtete sein nachdenkliches Gesicht. Langeweile hatte ihn gepackt, während er durch seinen Facebook-Feed scrollte. Belanglose Status-Updates und sinnlose Videos schienen ihn nicht mehr zu interessieren. Doch plötzlich stieß er auf ein Video, das seine Aufmerksamkeit fesselte.

Es war eine erschreckende Abfolge von Bildern, die die brutale Realität von Krieg, Armut, Hunger und Gewalt zeigten. Die Bilder waren roh und ungeschönt, und sie offenbarten eine hässliche Wahrheit, die viele Menschen täglich erleben mussten. Jonas war entsetzt und gleichzeitig fasziniert. Wie konnte es sein, dass so viel Leid auf der Welt existierte?

Diese Bilder ließen ihn nicht los. Sie rüttelten etwas in ihm wach und weckten einen tiefen Drang, etwas zu verändern. Es war mehr als nur ein flüchtiges Gefühl – es war der Beginn eines inneren Wandels. Jonas konnte diese Realität nicht einfach ignorieren. Er entschloss sich, aktiv zu werden und einen Unterschied zu machen.

In dieser Nacht konnte Jonas kaum schlafen. Die Bilder hatten sich tief in sein Gedächtnis eingebrannt und ließen ihn nicht los. Am nächsten Morgen, erfüllt von frischem Elan und einer neuen Idee, setzte er seine Vision in die Tat um. Er erstellte einen neuen Facebook-Account, entschlossen, nicht länger passiver Konsument zu sein, sondern aktiv etwas zu verändern.

Jonas begann, Bilder von beiden Seiten der Welt zu posten: von Leid und Elend, aber auch von Schönheit, Liebe und Hoffnung. Seine Beiträge sollten die Menschen wachrütteln und ihnen bewusst machen, dass es an ihnen lag, die Welt zu einem besseren Ort zu machen. Er wollte die Menschen dazu inspirieren, nicht nur die Schattenseiten der Welt zu sehen, sondern auch die vielen positiven Aspekte zu erkennen und zu fördern.

Die Resonanz auf seine Idee war überwältigend. Innerhalb weniger Wochen hatte Jonas Tausende von Followern, die seine Bilder teilten und ihre Gedanken dazu kommentierten. Menschen aus aller Welt schrieben ihm, erzählten ihre eigenen Geschichten und dankten ihm für seine inspirierenden Beiträge. Jonas wurde zu einer Art Friedensaktivist, der mit seinen Worten und Bildern die Menschen bewegte und inspirierte.

In einem seiner letzten Beiträge schrieb er: „Die Welt ist voller Leid, aber sie ist auch voller Schönheit. Es liegt an uns, welche Seite der Medaille wir sehen wollen. Lasst uns gemeinsam für Frieden kämpfen!"

Um seine Botschaft weiter zu verstärken, begann Jonas, seine Follower aktiv einzubeziehen. Er veröffentlichte regelmäßig Bilder von den düsteren Seiten des Lebens und den schönen Momenten des Lebens und ließ seine Follower abstimmen, welche Seiten sie bevorzugten. Am Ende stellte er immer die Frage: „Was dient uns zum Frieden?"

Die Diskussionen, die durch diese Fragen ausgelöst wurden, waren lebhaft und tiefgreifend. Menschen tauschten sich aus, begannen, sich selbst für positive Veränderungen einzusetzen, und ergriffen kleine, aber bedeutende Maßnahmen, um die Welt zu verbessern. Jonas' einfache Idee hatte eine Bewegung ins Leben gerufen, die Hoffnung und Veränderung brachte.

Eines Tages, während er durch die unzähligen Kommentare scrollte, stieß er auf eine besonders berührende Nachricht: „Danke, Jonas. Du hast mir gezeigt, dass ich nicht nur ein passiver Zuschauer bin. Ich habe beschlossen, in meiner Gemeinde aktiv zu werden und Bedürftigen zu helfen. Du hast mir Hoffnung gegeben."

Jonas lächelte, als er diese Worte las. Er wusste, dass die Welt immer noch voller Probleme war, aber auch voller Menschen, die bereit waren, etwas zu verändern. Diese Erkenntnis gab ihm die Hoffnung, die er brauchte, um weiterzumachen. Denn er hatte gelernt, dass selbst ein einzelner Mensch einen Unterschied machen konnte.

Die Resonanz auf Jonas' Initiative war überwältigend. Menschen aus aller Welt begannen, sich aktiv für positive Veränderungen einzusetzen. Diskussionen wurden geführt, und viele begannen, selbst kleine Schritte zu unternehmen, um die Welt zu einem besseren Ort zu machen. Jonas' einfache Idee hatte eine Bewegung ins Leben gerufen, die Hoffnung und Veränderung brachte.

In einem seiner letzten Beiträge schrieb Jonas: „Die Welt ist voller Leid, aber sie ist auch voller Schönheit. Es liegt an uns, welche Seite der Medaille wir sehen wollen. Doch über all dem steht unser gemeinsames Ziel: Frieden für die Menschen auf Erden. Lasst uns diesen Frieden gemeinsam anstreben und verwirklichen!"

Jonas lächelte, als er diese Worte las. Er wusste, dass die Welt immer noch voller Herausforderungen war, aber auch voller Menschen, die bereit waren, etwas zu verändern. Diese Erkenntnis gab ihm die Hoffnung, die er brauchte, um weiterzumachen. Denn er hatte gelernt, dass selbst ein einzelner Mensch einen Unterschied machen konnte und dass der Frieden, den er sich erhoffte, durch gemeinsame Anstrengungen erreichbar war.

Ein völlig unerwartetes Ereignis

Dunkle Wolken hingen tief über den einst so üppigen Wäldern. Die fröhlichen Vogelstimmen, die früher die Luft erfüllten, waren verstummt, und eine gespenstische Stille legte sich über die Natur. Die Vogelgrippe, ein heimtückischer Feind, hatte sich rasant ausgebreitet und unzählige Tiere dahingerafft. Die Bäume standen wie stumme Zeugen des Elends, während die Menschen mit bangen Herzen die Nachrichten verfolgten.

Wissenschaftler aus aller Welt kämpften fieberhaft gegen das Virus, doch ein wirksames Gegenmittel war in weiter Ferne. Verzweiflung und Resignation machten sich breit. Die Natur, einst ein Ort voller Leben und Schönheit, schien dem Untergang geweiht. Die Hoffnung auf eine Rückkehr zur Normalität schwand mit jedem verstrichenen Tag.

Doch mitten in dieser Dunkelheit keimte ein Funken Hoffnung. In einem abgelegenen Forschungslabor, weit entfernt vom hektischen Weltgeschehen, gelang es einer Gruppe junger Wissenschaftler, nach unzähligen schlaflosen Nächten und unerbittlichen Tests, einen Impfstoff zu entwickeln. Dieser Impfstoff versprach, die Vogelgrippe einzudämmen und die Tiere vor dem grausamen Virus zu schützen.

Die Nachricht verbreitete sich wie ein Lauffeuer. Menschen strömten auf die Straßen, um die frohe Botschaft zu feiern. Tierärzte und Helfer arbeiteten unermüdlich, um die Tiere zu impfen, und bald schon war die Vogelgrippe besiegt. Die Natur begann, zu neuem Leben zu erwachen. Vögel zwitscherten fröhlich in den Bäumen, Blumen erblühten in allen Farben und Formen, und die einst so stillen Wälder füllten sich wieder mit Leben und Klang.

Die Wende war geschafft. Die Menschen hatten gelernt, die Kraft der Natur zu respektieren und gemeinsam gegen Bedrohungen vorzugehen. Die Vogelgrippe-Krise hatte ihnen die zerbrechliche Balance der Natur vor Augen geführt und die Wichtigkeit gezeigt, sie zu schützen. Doch die Erinnerung an diese dunkle Zeit sollte nie verblassen. Sie sollte als Mahnung dienen, dass die Natur ein kostbares Gut ist, das es zu bewahren gilt.

Die Rückkehr der Natur brachte auch eine Rückkehr des Bewusstseins für ihren Wert. Gemeinschaften organisierten sich, um lokale Naturschutzprojekte zu unterstützen. Schulen integrierten Umweltbildung in ihre Lehrpläne, und Kinder lernten, wie wichtig es ist, die Umwelt zu schützen und zu respektieren.

Eines Tages, als Jonas, einer der jungen Wissenschaftler, der den Impfstoff entwickelt hatte, durch einen nun wieder lebendigen Wald spazierte, fühlte er eine tiefe Zufriedenheit. Er wusste, dass die Menschen und die Natur gemeinsam diese Krise überwunden hatten. Doch er war sich auch bewusst, dass die Arbeit noch lange nicht beendet war.

Die Vogelgrippe-Krise hatte den Menschen eine wertvolle Lektion erteilt. Nur wenn Mensch und Natur Hand in Hand arbeiten, kann eine friedliche und nachhaltige Zukunft für alle geschaffen werden. Diese Erkenntnis war das wahre Erbe dieser dunklen Zeit – und der Beginn einer neuen Ära des Verständnisses und der Zusammenarbeit..

Wunder geschehen einfach, auch im Reich von Flora und Fauna

Inmitten eines dichten, alten Waldes, in dem das Sonnenlicht nur in vereinzelten Strahlen den Boden erreichte, stand ein uralter Baum. Seine Äste ragten hoch in den Himmel, während seine Wurzeln tief in die Erde griffen. Über Jahrhunderte hatte er die Jahreszeiten kommen und gehen sehen, das Leben der Tiere und Pflanzen gehört und die Geheimnisse des Waldes bewahrt.

An einem friedlichen Tag, als der Wind sanft durch die Blätter säuselte und die Vögel ein fröhliches Lied anstimmten, bemerkte der Baum etwas Ungewöhnliches. In einem engen Felsspalt, wo kaum ein Strahl der Sonne hinfiel, wuchs ein kleines, zartes Pflänzchen. Es war kaum größer als eine Handfläche, seine Blätter waren blass und welk. Der Baum war besorgt. Wie konnte ein so zerbrechliches Wesen an einem so unwirtlichen Ort überleben?

Mit seinen mächtigen Ästen versuchte der Baum, das Pflänzchen vor der sengenden Sonne zu schützen und ihm ein wenig Schatten zu spenden. Er flüsterte den Vögeln zu und bat sie, ihm Wasser zu bringen. Die Tiere des Waldes, die den Baum und seine Weisheit schätzten, kamen zusammen, um dem Pflänzchen zu helfen. Die Eichhörnchen sammelten Erde und kleine Steine, um den Felsspalt zu füllen und dem Pflänzchen Halt zu geben. Die Ameisen schleppten winzige Mengen an Nährstoffen herbei, und die Bienen brachten Tropfen von süßem Nektar.

Tag für Tag kümmerten sich der Baum und die Tiere des Waldes mit Liebe und Hingabe um das kleine Pflänzchen. Sie gaben ihm Mut, Hoffnung und ihre Hilfe. Und langsam, aber sicher, begann das Pflänzchen zu wachsen. Die Blätter wurden grüner und kräftiger, die Stängel dickten und stärkten sich.

Eines Morgens, als die ersten Sonnenstrahlen den Wald in goldene Farben tauchten, erwachte der Baum und sah mit einem Lächeln, dass das Pflänzchen sich in eine prächtige Blume verwandelt hatte. Ihre Blüten leuchteten in den schönsten Farben, und ihr Duft erfüllte den ganzen Wald. Die Farben waren so lebendig, dass sie selbst die dunkelsten Ecken des Waldes mit Licht und Freude erleuchteten.

Die Tiere des Waldes versammelten sich um die Blume und tanzten vor Freude. Sie hatten ein wahres Wunder erlebt. Ein winziges, zartes Pflänzchen hatte an einem unwirtlichen Ort überlebt und war zu einer wunderschönen Blume erblüht.

Der alte Baum wusste, dass dies ein Zeichen der Hoffnung war. Es zeigte, dass selbst in den dunkelsten Zeiten, an den unwahrscheinlichsten Orten, Wunder geschehen können. Man muss nur daran glauben und niemals aufgeben.

Die Geschichte von der Blume verbreitete sich schnell im Wald und darüber hinaus. Sie wurde zu einem Symbol der Hoffnung und des Zusammenhalts. Die Tiere und Pflanzen des Waldes lernten, dass sie gemeinsam jede Herausforderung meistern konnten. Sie erkannten, dass wahre Stärke in der Zusammenarbeit lag und dass jedes Leben, egal wie klein oder zerbrechlich es zu Beginn schien, das Potenzial hatte, zu Großem zu wachsen.

So lebte der Wald weiter in Harmonie – ein lebendiges Zeugnis der Kraft des Glaubens, der Gemeinschaft und der Hoffnung. Und der alte Baum, der schon so viele Jahre überdauert hatte, wusste, dass dies nur der Anfang vieler weiterer Wunder war, die noch kommen sollten.

Eine Reise durch die Galaxie

Jonas war außer sich vor Freude, als er erfuhr, dass er auf eine Reise zur Internationalen Raumstation (ISS) fliegen würde. Sein Onkel, ein begeisterter Hobbyastronom, hatte bei einem Gewinnspiel eine Reise für zwei Personen zum ISS-Außenposten gewonnen und Jonas als seinen Begleiter auserwählt.

Die Vorbereitungen auf die Reise waren langwierig und intensiv. Jonas musste sich sowohl körperlich als auch mental auf die extremen Bedingungen im Weltraum vorbereiten. Er lernte, wie man in der Schwerelosigkeit isst, schläft und sich bewegt. Im Astronautentrainingszentrum trainierte er hart, besuchte unzählige Vorlesungen über Raumfahrttechnik und Weltraummedizin und war immer mehr von der Faszination des Weltraums ergriffen.

Schließlich war der große Tag gekommen. Jonas und sein Onkel standen an der Startrampe, die Rakete in Sicht, während der Countdown in die letzte Phase ging. Als die Rakete mit ohrenbetäubendem Lärm abhob, spürte Jonas das Kribbeln der Aufregung und wusste, dass dies der Beginn eines außergewöhnlichen Abenteuers war.

Die Reise zur ISS dauerte zwei Tage. Während dieser Zeit gewöhnten sich Jonas und sein Onkel an die Schwerelosigkeit und genossen den atemberaubenden Blick auf die Erde aus dem Fenster der Raumkapsel. Sie führten Experimente mit schwebenden Gegenständen durch und unterhielten sich mit den Astronauten an Bord.

Endlich erreichten sie die ISS und wurden von der Crew herzlich begrüßt. Jonas war überwältigt von der Größe und Komplexität der Station und von der Arbeit, die die Astronauten dort täglich leisteten. In den folgenden Tagen war er aktiv dabei, den Astronauten bei ihren Experimenten zu helfen, die Funktionen der ISS kennenzulernen und sogar einen Weltraumspaziergang zu machen.

Der Weltraumspaziergang war für Jonas ein besonders bewegendes Erlebnis. Schwebend im Raumanzug, sah er die Erde unter sich – einen leuchtend blauen Planeten, der in der Dunkelheit des Alls schwebte. Es war ein Anblick, der ihn tief berührte und ihm zeigte, wie kostbar und zerbrechlich unser Heimatplanet ist.

Der Abschied von der ISS kam viel zu schnell. Jonas verabschiedete sich von der Crew und trat mit seinem Onkel die Rückreise an. In den letzten Tagen hatte er unzählige neue Eindrücke und Erfahrungen gesammelt und wusste, dass diese Reise ein unvergessliches Kapitel in seinem Leben darstellte.

Jonas' Reise zur ISS hatte ihm eine wertvolle Lektion erteilt: Alles ist möglich, wenn man an seine Träume glaubt und bereit ist, dafür zu arbeiten. Dankbar für diese einzigartige Gelegenheit fühlte, er sich inspiriert seinen eigenen Weg zu gehen – vielleicht eines Tages sogar als echter Astronaut.

Die Rückkehr zur Erde war ein bittersüßes Erlebnis. Als die Raumkapsel sicher landete und die Schwerkraft ihn wieder ergriff, spürte Jonas, dass sein Geist noch immer in den Weiten des Weltraums schwebte. Er hatte nicht nur den Weltraum gesehen, sondern auch die unbegrenzten Möglichkeiten des Lebens erkannt.

Jonas kehrte mit einem neuen Sinn für Zielstrebigkeit und Entschlossenheit zurück in seinen Alltag. Mit leuchtenden Augen erzählte er von seinen Abenteuern im All und inspirierte damit andere, ihre eigenen Träume zu verfolgen. Denn er wusste nun: Die größten Abenteuer beginnen oft dort, wo man es am wenigsten erwartet – in den Herzen derjenigen, die den Mut haben, nach den Sternen zu greifen.

Ein Gedicht – Weite unerklärliche Welt

Die Welt, so groß, so unermesslich weit,
Verbirgt Geheimnisse, seltsam und breit.
Von fernen Galaxien bis zum tiefsten Meer,
Wunder und Rätsel, wohin man auch kehrt her.

Die Natur, ein Künstler, mit Farben so bunt,
Erschafft Landschaften, die uns staunend und stumpf.
Majestätische Berge, die in den Himmel ragen,
Tiefe Schluchten, wo Schatten sich in Dunkelheit jagen.

Tiere in Formen, so vielfältig und fein,
Leben in Harmonie, folgen ihrem eigenen Sein.
Von winzigen Insekten bis zum Wal, so riesig,
Jedes Lebewesen ein Teil dieses Spiels, gigantisch und gewaltig.

Doch mitten in dieser Schönheit, in diesem Raum,
Existiert auch Leid, wie ein dunkler Traum.
Krieg und Gewalt, Armut und Hunger,
Unrecht und Hass, sie brennen wie Kummer.

Wir Menschen, so klug, doch oft ratlos und leer,
Stehen vor Rätseln, die lösen wir nicht mehr.
Verstehen zu wollen, doch begreifen nicht,
Die Geheimnisse der Welt, so tief und so dicht.

Vielleicht ist es so, dass wir nicht alles wissen,
Dass manche Dinge stets ein Geheimnis bleiben müssen.
Dennoch sollten wir die Schönheit wahrnehmen,
Und die Wunder der Welt mit Liebe annehmen.

Lasst uns die Erde bewahren, diese Kugel so zart,
Und für das Leben kämpfen, von Herzen, nicht hart.
Mit vereinten Kräften, mit Hoffnung und Mut,
Schaffen wir es, dass das Gute stets tut.

In der weiten, unerklärlichen Welt,
Liegt Hoffnung verborgen, trotz allem, was quält.
Gemeinsam können wir Wunder erschaffen,
Indem wir lieben, schützen und niemals aufhören zu hoffen.

So können wir träumen, doch müssen auch handeln,

Dass uns diese Welt weiterhin kann gefallen.
Gott sprach zu den Menschen: „Macht euch die Welt untertan,"
Doch mit Weisheit und Liebe, das ist der Plan.

Die Verantwortung, die wir tragen, ist groß und weit,
Unsere Welt zu schützen in dieser unermesslichen Zeit.
Lasst uns mit Bedacht und Sorgfalt handeln,
Damit die Schönheit der Erde niemals wird verhandeln.